A

Maigret
Band M36

Georges Simenon, geboren 1903 im belgischen Lüttich, gestorben 1989 in Lausanne, gilt als der »meistgelesene, meistübersetzte, meistverfilmte, mit einem Wort: der erfolgreichste Schriftsteller des 20. Jahrhunderts« *(Die Zeit)*. Seine erstaunliche literarische Produktivität (75 Maigret-Romane, über 117 weitere Romane), viele Ortswechsel, zwei Ehen und unzählige Frauen bestimmten sein Leben. Rastlos bereiste er die Welt, immer auf der Suche nach dem, »was bei allen Menschen gleich ist«. Das macht seine Bücher bis heute so zeitlos.

Georges Simenon

Maigret und die Tänzerin

Roman

Aus dem Französischen von
Hansjürgen Wille, Barbara Klau
und Cornelia Künne

Atlantik

Die französische Originalausgabe erschien 1951 unter dem Titel
Maigret au Picratt's im Verlag Presses de la Cité, Paris.
Die deutsche Erstausgabe erschien 1954 unter dem Titel *Maigret und die Tänzerin Arlette* im Verlag Kiepenheuer & Witsch, Köln.
Zuletzt erschien der Roman 1986 unter dem Titel
Maigret, die Tänzerin und die Gräfin im Diogenes Verlag, Zürich.
Für die vorliegende Ausgabe wurde die Übersetzung der deutschen Erstausgabe von Cornelia Künne grundlegend überarbeitet.

*Atlantik Bücher erscheinen im
Hoffmann und Campe Verlag, Hamburg.*

1. Auflage 2020

www.hoffmann-und-campe.de *www.atlantik-verlag.de*
Umschlaggestaltung: Rothfos & Gabler, Hamburg
Umschlagabbildung: © ullstein bild / Roger-Viollet
Satz: Herr K | Jan Kermes, Leipzig
Gesetzt aus der Stempel Garamond LT und der Ano
Druck und Bindung: GGP Media GmbH, Pößneck
ISBN 978-3-455-00741-1

HOFFMANN UND CAMPE

Ein Unternehmen der
GANSKE VERLAGSGRUPPE

1

Der Polizist Jussiaume, der bei seinem allnächtlichen Rundgang fast immer auf die Minute an derselben Stelle vorbeikam, nahm das Kommen und Gehen der Passanten genauso beiläufig wahr wie die Anwohner eines Bahnhofs die Ankunft und Abfahrt der Züge.

Vor dem Schneeregen hatte Jussiaume einen Augenblick in einem Hauseingang an der Ecke Rue Fontaine und Rue Pigalle Schutz gesucht. Der rote Schriftzug vom Picratt's war einer der wenigen im Viertel, die noch erleuchtet waren. Wie eine große Blutlache spiegelte er sich auf dem nassen Pflaster.

Es war Montag, der Tag, an dem es auf dem Montmartre immer ziemlich ruhig ist. Jussiaume hätte genau sagen können, in welcher Reihenfolge die meisten Lokale schlossen. Jetzt sah er, wie auch das Neonlicht am Picratt's erlosch und der kleine, korpulente Wirt, der sich einen beigefarbenen Regenmantel über den Smoking gestreift hatte, heraustrat, um die Läden herunterzukurbeln.

Eine schmale Gestalt, vermutlich ein Junge, glitt an den Mauern entlang und verschwand dann in der

Rue Pigalle in Richtung Rue Blanche. Kurz darauf gingen zwei Männer, der eine mit einem Saxophonkoffer unter dem Arm, zur Place Clichy hinauf.

Fast unmittelbar danach kam ein weiterer Mann, den Kragen seines Mantels hochgeschlagen, und ging zum Carrefour Saint-Georges.

Der Polizist Jussiaume kannte zwar die Namen all dieser Leute nicht, ja kaum ihre Gesichter, aber genauso wie Hunderte andere hatten sie ihre Bedeutung für ihn.

Er wusste, gleich würde eine Frau in einem sehr kurzen, hellen Pelzmantel und auf übertrieben hohen Absätzen aus dem Lokal kommen und dann schnell weitergehen, als hätte sie frühmorgens um vier allein Angst auf der Straße. Bis zu dem Haus, in dem sie wohnte, waren es nur etwa hundert Meter. Sie musste läuten, weil die Tür zu dieser Stunde verschlossen war.

Schließlich kamen noch die beiden Mädchen, wie immer zusammen. Halblaut miteinander sprechend, gingen sie bis zur nächsten Straßenecke, wo sie sich nur ein paar Meter von ihm entfernt trennten. Die ältere und größere der beiden ging mit schwingenden Hüften die Rue Pigalle bis zur Rue Lepic hinauf, wo er sie bisweilen in dem Haus hatte verschwinden sehen, in dem sie wohnte. Die andere dagegen zögerte einen Augenblick, als wollte sie ihn ansprechen, und ging dann, statt die Rue Notre-Dame-de-

Lorette zu nehmen, wie sie es eigentlich hätte tun müssen, zu der Bar an der Ecke Rue de Douai, in der noch Licht brannte.

Sie trug keinen Hut und wirkte angetrunken. Im Schein einer Laterne schimmerte ihr hellblondes Haar wie Gold. Sie ging langsam, blieb hin und wieder stehen und sah aus, als spräche sie mit sich selbst.

Der Wirt fragte sie wie ein alter Bekannter:

»Kaffee, Arlette?«

»Mit Rum.«

Und sofort verbreitete sich der typische Geruch erhitzten Rums in der Bar. An der Theke standen zwei, drei Männer, die sie aber nicht beachtete.

Der Wirt erklärte später:

»Sie machte einen sehr erschöpften Eindruck.«

Vermutlich trank sie deshalb noch einen zweiten Kaffee, diesmal mit doppeltem Schuss. Sie hatte Mühe, das Geld aus ihrer Handtasche zu holen.

»Gute Nacht.«

»Gute Nacht.«

Der Polizist Jussiaume sah sie wieder herauskommen, und als sie jetzt die Straße hinabging, schwankte sie noch stärker als beim Hinaufgehen. Auf seiner Höhe angekommen, erkannte sie ihn, wandte sich ihm zu und sagte:

»Ich möchte im Kommissariat eine Meldung machen.«

»Kein Problem«, antwortete er. »Sie wissen ja, wo es ist.«

Es war fast gegenüber, sozusagen hinter dem Picratt's, in der Rue de La Rochefoucauld. Beide konnten sie die blaue Laterne und die an der Mauer lehnenden Fahrräder der Streifenpolizisten sehen.

Im ersten Augenblick glaubte er, sie würde nicht hingehen. Aber dann überquerte sie doch die Straße und betrat das Gebäude.

Es war schon halb fünf, als sie das schummrige Büro betrat, in dem nur Wachtmeister Simon und ein junger Polizeibeamter anwesend waren. Wieder sagte sie:

»Ich möchte eine Meldung machen.«

»Ich bin ganz Ohr, Schätzchen«, erwiderte Simon, der seit zwanzig Jahren im Viertel Dienst tat und seine Kundschaft kannte.

Sie war stark geschminkt, aber das Make-up war ein wenig verwischt. Unter ihrem falschen Nerz trug sie ein schwarzes Satinkleid, und da sie nicht sehr fest auf den Füßen stand, hielt sie sich mit beiden Händen an der Balustrade fest, die den für das Publikum bestimmten Bereich abgrenzte.

»Es geht um ein Verbrechen.«

»Jemand hat ein Verbrechen begangen?«

An der Wand hing eine große Uhr, auf die sie unverwandt starrte, als würde ihr der Stand der Zeiger etwas verraten.

»Ich weiß nicht, ob es schon begangen worden ist.«

»Nun, dann ist's ja kein Verbrechen.«

Der Wachtmeister zwinkerte seinem jungen Kollegen zu.

»Es wird wahrscheinlich begangen. Es wird bestimmt begangen.«

»Wer hat dir das gesagt?«

Sie schien angestrengt nachzudenken.

»Die beiden Männer eben.«

»Was für Männer?«

»Gäste. Ich arbeite im Picratt's.«

»Dacht ich mir doch, dass ich dich schon mal gesehen habe. Du ziehst dich dort aus, oder?«

Der Wachtmeister hatte sich zwar die Vorführungen im Picratt's noch nie angesehen, aber er kam jeden Morgen und jeden Abend an dem Schaukasten vorbei, in dem ein großes Bild der Frau hing, die jetzt vor ihm stand, neben kleineren Fotos der zwei anderen Tänzerinnen.

»Also da haben dir zwei Gäste von einem Verbrechen erzählt?«

»Nicht mir.«

»Wem denn?«

»Sie haben miteinander gesprochen.«

»Und du hast es mitangehört?«

»Ja. Ich habe aber nicht alles verstanden, weil eine Wand dazwischen war.«

Auch das verwunderte Wachtmeister Simon nicht.

Wenn er morgens an dem Nachtclub vorbeikam, stand die Tür offen, weil gerade sauber gemacht wurde. Er konnte dann in den dunklen, ganz in Rot gehaltenen Raum sehen, mit der glänzenden Tanzfläche und den kleinen Nischen ringsum, die durch Wände voneinander getrennt waren.

»Erzähl! Wann war das?«

»Heute Nacht, vor zwei Stunden etwa. Ja, es muss zwei Uhr gewesen sein. Ich war erst einmal aufgetreten.«

»Was haben die beiden Gäste denn gesagt?«

»Der Ältere hat gesagt, er werde die Gräfin kaltmachen.«

»Was für eine Gräfin?«

»Das weiß ich nicht.«

»Wann?«

»Wahrscheinlich heute.«

»Hatte er keine Angst, dass du ihn hören könntest?«

»Er wusste nicht, dass ich auf der anderen Seite der Wand war.«

»Warst du allein?«

»Nein. Mit einem anderen Gast.«

»Den du kennst?«

»Ja.«

»Wer ist das?«

»Ich weiß nur seinen Vornamen. Er heißt Albert.«

»Hat er es auch gehört?«

»Das glaube ich nicht.«

»Warum hat er es nicht gehört?«

»Weil er meine beiden Hände festgehalten und geredet hat.«

»Von Liebe?«

»Ja.«

»Und du, du hast gehört, was man sich in der anderen Nische erzählt hat? Kannst du dich genau an die Worte erinnern?«

»Nicht genau.«

»Bist du betrunken?«

»Ich habe getrunken, aber ich weiß, was ich sage.«

»Trinkst du jede Nacht so viel?«

»Nicht so viel.«

»Hast du mit Albert getrunken?«

»Nur eine Flasche Champagner. Ich wollte nicht, dass er noch mehr ausgibt.«

»Ist er nicht reich?«

»Er ist jung.«

»Ist er in dich verliebt?«

»Ja. Er möchte, dass ich nicht mehr auftrete.«

»Du warst also mit ihm zusammen, als die beiden Gäste kamen und nebenan Platz nahmen.«

»Ja, genau.«

»Hast du sie nicht gesehen?«

»Als sie gegangen sind, hab ich sie von hinten gesehen.«

»Sind sie lange geblieben?«

»Vielleicht eine halbe Stunde.«

»Haben sie mit deinen Kolleginnen Champagner getrunken?«

»Nein, ich glaube, sie haben Cognac bestellt.«

»Haben Sie gleich von der Gräfin gesprochen?«

»Nicht gleich. Anfangs habe ich nicht auf ihre Worte geachtet. Das Erste, was ich verstanden habe, war so etwas wie: ›Verstehst du, sie hat noch den größten Teil ihrer Juwelen, aber bei dem Leben, das sie führt, wird das nicht mehr lange so sein.‹«

»Was war das für eine Stimme?«

»Eine Männerstimme. Die Stimme eines älteren Mannes. Als sie gingen, habe ich gesehen, dass einer von ihnen klein und dick war, mit grauen Haaren. Der muss es gewesen sein.«

»Warum?«

»Weil der andere jünger war und die Stimme nicht wie die eines jungen Mannes geklungen hat.«

»Wie war er angezogen?«

»Darauf habe ich nicht geachtet. Dunkel, glaube ich. Vielleicht schwarz.«

»Hatten sie ihre Mäntel an der Garderobe abgegeben?«

»Vermutlich.«

»Er hat also gesagt, die Gräfin habe noch einen Teil ihrer Juwelen, aber bei dem Leben, das sie führe, werde das nicht mehr lange so sein.«

»Ja, das hat er gesagt.«

»Und dann hat er gesagt, wie er sie umbringen will?«

Sie war sehr jung, viel jünger jedenfalls, als sie erscheinen wollte. Manchmal sah sie aus wie ein kleines Mädchen, das gleich den Kopf verliert. Dann blickte sie hilfesuchend zur Uhr, als erhoffte sie sich von dort eine Eingebung. Sie schien sehr müde zu sein und sich kaum noch auf den Beinen halten zu können. Der Wachtmeister roch den mit Parfum vermischten leichten Schweißgeruch, den ihre Achselhöhlen verströmten.

»Und dann hat er gesagt, wie er sie umbringen will?«, wiederholte er.

»Ich weiß nicht mehr. Sehen Sie, ich war ja nicht allein und konnte nicht die ganze Zeit zuhören.«

»Hat Albert an dir rumgefummelt?«

»Nein, er hielt nur meine Hände. Der Ältere hat so etwas gesagt wie:

›Heute Nacht mache ich sie fertig!‹«

»Das muss doch nicht heißen, dass er sie umbringen will. Es kann ebenso gut bedeuten, dass er ihren Schmuck stehlen will. Oder dass er einfach ihr Gläubiger ist und ihr den Gerichtsvollzieher auf den Hals hetzen will.«

Eigensinnig widersprach sie:

»Nein.«

»Woher weißt du das?«

»Weil es so nicht war.«

»Hat er klipp und klar gesagt, dass er sie töten will?«

»Ich bin sicher, dass er das tun will. Aber an den genauen Wortlaut kann ich mich nicht mehr erinnern.«

»Könnte das nicht ein Missverständnis sein?«

»Nein.«

»Und das war vor zwei Stunden?«

»Ja, ein bisschen länger.«

»Und obwohl du gewusst hast, dass ein Mann so ein Verbrechen begehen will, kommst du erst jetzt?«

»Es hat großen Eindruck auf mich gemacht, und ich konnte auch nicht vor Schluss aus dem Picratt's weg. Alfonsi ist da sehr streng.«

»Selbst, wenn du ihm die Wahrheit gesagt hättest?«

»Er hätte bestimmt gesagt, ich soll mich um meine eigenen Angelegenheiten kümmern.«

»Versuch dich an ihre Worte zu erinnern.«

»Sie haben nicht viel geredet, und ich habe nicht alles verstanden. Die Musik spielte, und dann hatte Tania ihren Auftritt.«

Schon seit einer Weile machte sich der Wachtmeister Notizen, aber mehr widerwillig als überzeugt.

»Kennst du eine Gräfin?«

»Nicht, dass ich wüsste.«

»Vielleicht eine, die in eurem Nachtclub verkehrt?«

»Da kommen nicht viele Frauen hin. Und von einer Gräfin habe ich nie gehört.«

»Hast du nicht versucht, die beiden Männer von vorn anzuschauen?«

»Das habe ich nicht gewagt. Ich hatte Angst.«

»Wovor?«

»Dass sie merken könnten, dass ich sie belauscht habe.«

»Wie nannten sie sich gegenseitig?«

»Darauf habe ich nicht geachtet. Ich glaube, der eine heißt Oscar, aber ich bin mir nicht sicher. Ich habe wohl zu viel getrunken. Ich habe Kopfschmerzen und möchte jetzt schlafen gehen. Wenn ich geahnt hätte, dass Sie mir nicht glauben, wäre ich nicht gekommen.«

»Setz dich.«

»Darf ich denn nicht gehen?«

»Nein, noch nicht.«

Er deutete auf eine Bank an der Wand, über der amtliche Bekanntmachungen hingen.

Aber gleich darauf rief er sie wieder zu sich.

»Wie heißt du?«

»Arlette.«

»Ich brauche deinen richtigen Namen. Hast du einen Ausweis?«

Sie nahm ihn aus ihrer Handtasche und reichte ihn ihm. Er las:

»Jeanne-Marie-Marcelle Leleu, 24 Jahre alt, geboren in Moulins, Tänzerin, 42 Rue Notre-Dame-de-Lorette, Paris.«

»Du heißt gar nicht Arlette?«

»Das ist mein Bühnenname.«

»Bist du denn auf der Bühne aufgetreten?«

»Nicht in richtigen Theatern.«

Er zuckte mit den Schultern und gab ihr den Ausweis zurück, nachdem er sich ihre Daten aufgeschrieben hatte.

»Du kannst dich wieder setzen.«

Mit gedämpfter Stimme trug er seinem jungen Kollegen auf, sie im Auge zu behalten, und ging dann in den Nebenraum, um in Ruhe telefonieren zu können. Er rief die Zentrale der Funkstreife an.

»Bist du's, Louis? ... Hier Simon vom Revier in der Rue de La Rochefoucauld. Ist heute Nacht zufällig eine Gräfin ermordet worden?«

»Wieso eine Gräfin?«

»Weiß ich auch nicht, ist wahrscheinlich nur dummes Zeug. Die Kleine spinnt wohl ein bisschen. Jedenfalls ist sie sehr betrunken. Sie behauptet, gehört zu haben, dass zwei Männer planen, eine Gräfin zu ermorden, eine Gräfin, die kostbaren Schmuck besitzen soll.«

»Davon weiß ich nichts. Ist nichts gemeldet.«

»Falls so was passieren sollte, gib mir gleich Bescheid.«

Sie unterhielten sich noch kurz über private Dinge. Als Simon ins Büro zurückkam, war Arlette eingeschlafen – wie im Wartesaal eines Bahnhofs. Ihre Haltung war so typisch, dass man unwillkürlich nach einem Koffer zu ihren Füßen spähte.

Als Jacquart um sieben Uhr Wachtmeister Simon ablöste, schlief sie immer noch, und Simon erklärte seinem Kollegen in knappen Worten den Fall. Im Fortgehen sah er, wie sie die Augen aufschlug, aber er wollte nicht länger bleiben.

Erstaunt blickte sie den Neuen an, der einen schwarzen Schnurrbart hatte, sah dann nervös auf die Uhr und sprang auf.

»Ich muss gehen«, sagte sie.

»Einen Augenblick, Schätzchen.«

»Was wollen Sie noch von mir?«

»Vielleicht kannst du dich jetzt, nachdem du dich gründlich ausgeschlafen hast, besser erinnern als heute Nacht.«

Sie wirkte missmutig, und ihre Haut glänzte, vor allem dort, wo die Augenbrauen gezupft waren.

»Ich weiß nichts weiter. Ich muss nach Hause.«

»Wie war das mit Oscar?«

»Was für ein Oscar?«

Der Polizist hatte das Protokoll vor sich liegen, das Simon verfasst hatte, während sie schlief.

»Der, der die Gräfin ermorden wollte.«

»Ich habe nicht gesagt, dass er Oscar heißt.«

»Wie heißt er dann?«

»Weiß ich nicht. Ich weiß nicht mehr, was ich erzählt habe. Ich hatte getrunken.«

»Dann ist die ganze Geschichte ein Märchen?«

»Das hab ich nicht gesagt. Ich habe zwei Männer

in der anderen Nische sprechen hören, aber ich habe nur Bruchstücke verstanden. Vielleicht hab ich mich getäuscht.«

»Warum bist du dann hergekommen?«

»Ich sage es Ihnen noch mal, ich hatte getrunken. Wenn man trinkt, sieht man die Dinge anders und macht aus einer Mücke einen Elefanten.«

»Von einer Gräfin ist gar nicht die Rede gewesen?«

»Doch ... ich glaube schon ...«

»Von ihren Juwelen?«

»Ja, von Juwelen haben sie gesprochen.«

»Und dass sie die Gräfin kaltmachen wollen?«

»So habe ich es zumindest verstanden. Aber da war ich schon ziemlich blau.«

»Mit wem hast du getrunken?«

»Mit mehreren Gästen.«

»Auch mit einem gewissen Albert?«

»Ja. Ich kenne ihn nicht weiter. Ich kenne die Leute nur vom Sehen.«

»Diesen Oscar auch?«

»Warum kommen Sie mir immer wieder mit diesem Namen?«

»Würdest du ihn wiedererkennen?«

»Ich habe ihn nur von hinten gesehen.«

»Man kann auch einen Rücken wiedererkennen.«

»Ich weiß nicht. Vielleicht.«

Im selben Augenblick durchfuhr sie ein Gedanke, und sie fragte:

»Ist jemand ermordet worden?«

Da sie keine Antwort bekam, wurde sie noch nervöser. Sie musste einen fürchterlichen Kater haben. Das Blau ihrer Iris war ganz verwässert, und der verwischte Lippenstift machte ihren Mund übermäßig groß.

»Kann ich endlich nach Hause gehen?«

»Noch nicht.«

»Ich hab doch nichts getan.«

Inzwischen waren weitere Polizisten zum Dienst erschienen, die sich, während sie ihrer Arbeit nachgingen, über dies und jenes unterhielten. Jacquart rief die Zentrale der Funkstreife an, wo immer noch nichts von einer ermordeten Gräfin bekannt war, und telefonierte dann, um ganz sicher zu gehen, mit dem Quai des Orfèvres.

Lucas, der gerade erst seinen Dienst begann und noch etwas verschlafen war, antwortete:

»Schicken Sie sie sicherheitshalber her.«

Schon im nächsten Augenblick dachte er nicht mehr daran. Kurz darauf kam Maigret ins Büro und warf, noch bevor er Mantel und Hut abgelegt hatte, einen Blick auf die Meldungen der vergangenen Nacht.

Es regnete noch immer in Strömen, ein trüber, schmuddeliger Tag. Kein Wunder, dass die meisten Menschen an diesem Morgen schlechte Laune hatten.

Wenige Minuten nach neun erschien ein Polizist vom 9. Arrondissement mit Arlette am Quai des Orfèvres. Es war ein Neuer, der sich im Haus noch nicht besonders gut auskannte und nacheinander an verschiedene Türen klopfte.

Und so kam er schließlich zum Büro der Inspektoren, wo der junge Lapointe auf der Tischkante saß und eine Zigarette rauchte.

»Wo finde ich bitte Wachtmeister Lucas?«

Er bemerkte nicht, dass Lapointe und Arlette sich lange ansahen, und schloss, als man ihn nach nebenan geschickt hatte, wieder die Tür.

»Setzen Sie sich«, sagte Lucas zur Tänzerin.

Maigret, der wie gewöhnlich vor dem Rapport seinen kleinen Rundgang machte, stand neben dem Ofen und stopfte sich eine Pfeife.

»Dieses Mädchen«, erklärte Lucas, »behauptet, es habe gehört, wie zwei Männer die Ermordung einer Gräfin planten.«

Anders als zuvor war ihre Stimme jetzt klar, beinahe schrill.

»Das habe ich nie gesagt.«

»Sie haben erzählt, Sie hätten gehört, wie zwei Männer ...«

»Ich war betrunken.«

»Und Sie haben das Ganze erfunden?«

»Ja.«

»Warum?«

»Ich weiß nicht. Ich war nicht ganz bei mir. Ich hatte noch keine Lust, nach Hause zu gehen, und da bin ich aufs Revier gegangen.«

Maigret musterte sie einen Augenblick lang neugierig und sah dann weiter die Meldungen durch.

»Es war also nie von einer Gräfin die Rede?«

»Nein ...«

»Überhaupt nicht?«

»Vielleicht habe ich etwas von einer Gräfin gehört. Man schnappt ja manchmal so ein Wort auf, und das geht einem dann nicht mehr aus dem Kopf.«

»So wie heute Nacht?«

»Wahrscheinlich.«

»Und darauf haben Sie Ihre ganze Geschichte aufgebaut?«

»Wissen Sie denn immer, was Sie sagen, wenn Sie getrunken haben?«

Maigret lächelte. Lucas schien verärgert.

»Sie wissen doch wohl, dass das eine Straftat ist?«

»Was?«

»Eine Falschaussage zu machen. Sie könnten dafür belangt werden.«

»Das ist mir egal. Ich will nichts weiter, als endlich schlafen gehen.«

»Wohnen Sie allein?«

»In der Tat!«

Wieder lächelte Maigret.

»Erinnern Sie sich auch nicht mehr an den Gast,

mit dem Sie eine Flasche Champagner getrunken haben und der Ihre Hände hielt? Ein gewisser Albert?«

»Ich erinnere mich an fast nichts mehr. Muss ich Ihnen das schriftlich geben? Im Picratt's kann Ihnen jeder bestätigen, dass ich blau war.«

»Seit wann etwa?«

»Seit gestern Abend, wenn Sie's genau wissen wollen.«

»Mit wem haben Sie getrunken?«

»Ganz allein.«

»Wo?«

»Hier und dort. In allen möglichen Bars. Man merkt, dass Sie nie allein gelebt haben.«

Diese Bemerkung war komisch, weil sie dem kleinen Lucas galt, der besonders streng wirken wollte.

Es würde wohl den ganzen Tag lang regnen – ein kalter, eintöniger Regen. Die Wolken hingen tief über der Stadt, in allen Büros brannte Licht, und der Dielenboden war mit nassen Fußspuren bedeckt.

Lucas war eigentlich mit einem anderen Fall beschäftigt, einem Einbruch in einem Lager am Quai de Javel, und hatte es eilig, dorthin zu kommen. Er blickte Maigret fragend an.

Was soll ich mit ihr machen?, war in seinem Blick zu lesen.

Da aber in diesem Augenblick die Klingel zum Rapport läutete, zuckte Maigret nur mit den Schultern, was so viel hieß wie:

Das ist deine Sache.

»Haben Sie Telefon?«, fragte Lucas das Mädchen.

»Bei der Concierge gibt es eins.«

»Wohnen Sie möbliert?«

»Nein, ich habe eine eigene Wohnung.«

»Allein?«

»Das habe ich Ihnen doch schon gesagt.«

»Haben Sie keine Angst, Oscar zu begegnen, wenn ich Sie gehen lasse?«

»Ich will nach Hause.«

Man konnte sie nicht ewig festhalten, bloß weil sie auf dem Kommissariat ihres Viertels ein Märchen erzählt hatte.

»Rufen Sie mich gleich an, wenn er wieder auftaucht«, sagte Lucas, während er sich erhob. »Ich gehe davon aus, dass Sie die Stadt nicht verlassen werden.«

»Nein. Warum auch?«

Er öffnete ihr die Tür und sah, wie sie durch den langen Flur ging und dann an der Treppe einen Augenblick zögerte. Die Leute drehten sich nach ihr um. Man spürte, dass sie aus einer anderen Welt kam, aus der Nachtwelt. Im kalten Licht des Wintermorgens wirkte sie beinah anstößig.

In seinem Büro nahm Lucas immer noch ihren Geruch wahr, es roch nach Frau, fast nach Bett. Auch er rief die Zentrale der Funkstreife an.

»Keine Gräfin?«

»Nein, nichts.«

Dann öffnete er die Tür zum Inspektorenbüro.

Ohne hineinzugehen, rief er:

»Lapointe!«

Eine Stimme, die nicht dem jungen Inspektor gehörte, antwortete:

»Er ist eben fortgegangen.«

»Hat er gesagt, wohin?«

»Nein, nur, dass er gleich wiederkommt.«

»Sag ihm, dass ich ihn brauche. Nicht wegen Arlette oder der Gräfin, sondern weil er mich nach Javel begleiten muss.«

Lapointe kam eine Viertelstunde später wieder. Die beiden Männer zogen ihre Mäntel an, setzten ihre Hüte auf und gingen zur Metrostation Châtelet.

Als Maigret vom täglichen Rapport aus dem Büro des Chefs zurückkam, setzte er sich vor einen Stoß Akten, zündete sich eine Pfeife an und nahm sich fest vor, sich den ganzen Morgen nicht vom Fleck zu rühren.

Ungefähr um halb zehn musste Arlette gegangen sein. Ob sie mit der Metro oder dem Bus zur Rue Notre-Dame-de-Lorette zurückgefahren war, darüber hatte sich niemand Gedanken gemacht.

Vielleicht hatte sie unterwegs auch irgendwo ein Croissant gegessen und einen Café crème getrunken.

Die Concierge hatte sie nicht kommen sehen. In dem großen Haus unweit der Place Saint-Georges herrschte schließlich ein ständiges Kommen und Gehen.

Gerade hatte es elf Uhr geschlagen, und die Concierge wollte sich daranmachen, die Treppe von Haus B zu kehren, als sie erstaunt feststellte, dass Arlettes Tür offen stand.

Am Quai de Javel wirkte Lapointe zerstreut und bedrückt, und Lucas fragte ihn, ob er sich nicht wohlfühle.

»Ich glaube, ich bekomme eine Erkältung.«

Die beiden Männer waren immer noch damit beschäftigt, die Anwohner rings um das Lager zu verhören, in dem der Einbruch verübt worden war, als in Maigrets Büro das Telefon läutete.

»Hier ist der Kommissar von Saint-Georges.«

Es war das Revier in der Rue de La Rochefoucauld, wo Arlette um halb fünf morgens erschienen und schließlich auf einer Bank eingeschlafen war.

»Man hat mir gemeldet, dass heute Vormittag die Tänzerin Jeanne Leleu, genannt Arlette, zu Ihnen geschickt wurde. Sie hatte behauptet, ein Gespräch belauscht zu haben, in dem es um den Mord an einer Gräfin ging.«

»Ich bin nur am Rande damit befasst«, antwortete Maigret und legte die Stirn in Falten. »Ist sie tot?«

»Ja. Sie ist eben in ihrem Zimmer erdrosselt aufgefunden worden.«

»Lag sie im Bett?«

»Nein.«

»War sie bekleidet?«

»Ja.«

»Trug sie ihren Mantel?«

»Nein, nur ein schwarzes Satinkleid. Das haben mir zumindest meine Männer berichtet. Ich bin noch nicht dort gewesen. Ich wollte Sie erst anrufen. Es war offenbar doch eine ernste Angelegenheit.«

»Ja, ganz sicher.«

»Haben Sie immer noch nichts von einer Gräfin gehört?«

»Bis jetzt nicht. Das kann dauern.«

»Schalten Sie die Staatsanwaltschaft ein?«

»Ich rufe gleich an und gehe dann in die Wohnung.«

»Ja, das wird wohl das Beste sein. Ein merkwürdiger Fall, nicht wahr? Der Wachtmeister vom Nachtdienst hat das alles nicht so ernst genommen, weil sie betrunken war. Bis gleich.«

»Bis gleich.«

Maigret wollte Lucas mitnehmen, aber da fiel ihm ein, dass der ja noch mit dem Fall am Quai de Javel befasst war. Lapointe war auch nicht da. Janvier war gerade gekommen und hatte noch seinen kalten und nassen Mantel an.

»Komm mit!«

Wie gewöhnlich steckte sich Maigret zwei Pfeifen in die Tasche.

2

Janvier parkte den kleinen Wagen der Kriminalpolizei am Gehsteig, worauf die beiden Männer genau gleichzeitig und mit der gleichen Kopfbewegung die Hausnummer überprüften und sich dann verwundert ansahen. Auf dem Gehsteig war keine Menschenansammlung, und auch in der Toreinfahrt und im Hof war niemand zu sehen. Der Polizist, den das Kommissariat vorschriftsgemäß hergeschickt hatte, um für Ordnung zu sorgen, ging ein Stück weiter geduldig auf und ab.

Den Grund für dieses erstaunliche Phänomen sollten sie schnell erfahren. Der Kommissar des Viertels, Monsieur Beulant, öffnete die Tür zur Loge der Concierge, eine große, ruhige Frau mit intelligentem Gesicht.

»Madame Boué«, stellte er vor. »Sie ist die Frau eines unserer Sergents. Gleich nachdem sie die Leiche entdeckt hatte, hat sie die Tür mit dem Generalschlüssel abgeschlossen und ist heruntergekommen, um mich anzurufen. Im Haus weiß noch niemand etwas.«

Sie nahm die Worte wie ein Kompliment und neigte leicht den Kopf.

»Ist niemand oben?«, fragte Maigret.

»Inspektor Lognon ist mit dem Amtsarzt hinaufgegangen. Ich habe mich lange mit Madame Boué unterhalten, und wir haben gemeinsam überlegt, welche Gräfin gemeint sein könnte.«

»Ich kenne keine Gräfin hier im Viertel«, sagte die Concierge.

Ihrer Haltung, ihrer Stimme und ihrer Ausdrucksweise war anzumerken, dass sie sich bemühte, eine vorbildliche Zeugin zu sein.

»Die Kleine war kein schlechter Mensch. Wir hatten nur wenig miteinander zu tun, da sie immer erst frühmorgens nach Hause kam und den größten Teil des Tages schlief.«

»Wohnte sie schon lange hier?«

»Seit zwei Jahren. Sie hatte eine Zweizimmerwohnung in Haus B, hinten im Hof.«

»Empfing sie viel Besuch?«

»Fast nie.«

»Männer?«

»Falls welche kamen, habe ich sie nicht gesehen. Außer ganz zu Beginn. Als sie hier einzog und ihre Möbel kamen, habe ich ein- oder zweimal einen Mann mittleren Alters gesehen, den ich zunächst für ihren Vater hielt. Er war klein und hatte ziemlich breite Schultern, hat aber nie ein Wort mit mir gesprochen. Soviel ich weiß, war er seither nicht mehr da. Es gibt hier viele Mieter, und dazu noch die

Büros und Geschäfte in Haus A, es ist ein ständiges Kommen und Gehen.«

»Ich werde später noch mal vorbeischauen, um mich ausführlicher mit Ihnen zu unterhalten.«

Es war ein altes Haus. Vom Eingang aus führte eine Treppe nach links und eine nach rechts. Beide waren dunkel, und unten waren Firmenschilder aus Emaille oder Marmor angebracht: im Hochparterre ein Damenfriseur, im ersten Stock eine Masseuse, im zweiten ein Geschäft für künstliche Blumen, ein Rechtsanwalt und sogar eine Hellseherin. Das Pflaster im Hof glänzte vom Regen, und über der Tür vor ihnen war in schwarzer Farbe ein B gemalt.

Sie stiegen drei Etagen hinauf und ließen auf den Stufen Schmutzspuren zurück. Nur eine einzige Tür öffnete sich, als sie vorbeigingen; eine dicke Frau mit spärlichem Haar auf Lockenwicklern sah sie verwundert an, verschwand dann eiligst wieder und schloss hinter sich ab.

Inspektor Lognon vom Revier Saint-Georges kam ihnen entgegen, wie üblich mit finsterer Miene, und warf Maigret einen Blick zu, der deutlich sagte:

Das musste ja passieren!

Was passieren musste, war nicht, dass die junge Frau erdrosselt worden war, sondern dass, sobald im Viertel ein Verbrechen geschah und Lognon an den Tatort gesandt wurde, Maigret höchstselbst erschien, um dem Inspektor den Fall aus der Hand zu nehmen.

»Ich habe nichts angerührt«, sagte Lognon in alleramtlichstem Ton. »Der Arzt ist noch im Schlafzimmer.«

Keine Wohnung hätte bei diesem Wetter einen heiteren Eindruck gemacht. Es war einer jener trüben Tage, an denen man sich fragt, wozu man eigentlich auf der Welt ist und warum man sich so abstrampelt, um dazubleiben.

Das erste Zimmer war eine Art Wohnzimmer, ansprechend eingerichtet, peinlich sauber und wider Erwarten tadellos aufgeräumt. Was auf den ersten Blick auffiel, war der sorgfältig gebohnerte Fußboden – in einem Kloster hätte er nicht blanker sein können –, der den angenehmen Geruch von Bohnerwachs verströmte. Maigret nahm sich vor, die Concierge zu fragen, ob Arlette den Haushalt selbst besorgt hatte.

Durch die halbgeöffnete Tür sahen sie Doktor Pasquier, der gerade den Mantel wieder anzog und die Instrumente in seine Tasche packte. Auf dem weißen Ziegenfell am Fuß des unberührten Bettes lag die Tote in ihrem schwarzen Satinkleid ausgestreckt da. Man sah ihre bloßen, sehr weißen Arme und das im trüben Licht kupferfarben schimmernde Haar.

Am ergreifendsten war für Maigret fast immer irgendein lächerliches Detail. In diesem Fall berührte ihn am meisten, dass ein Fuß noch in einem hochhackigen Schuh steckte, der andere aber nur mit einem Seidenstrumpf bekleidet war, durch den die

Zehen hindurchschimmerten. An dem Strumpf waren Schmutzspritzer und eine Laufmasche zu sehen, die sich von der Ferse bis übers Knie zog.

»Kein Zweifel, sie ist ermordet worden«, sagte der Arzt. »Der Kerl, der das getan hat, hat sie erst wieder losgelassen, als sie schon tot war.«

»Lässt sich der Zeitpunkt bestimmen?«

»Es ist knapp anderthalb Stunden her. Die Leichenstarre ist noch nicht eingetreten.«

Maigret hatte neben dem Bett, hinter der Tür, einen offenen Schrank bemerkt, in dem Kleider, vor allem schwarze Abendkleider, hingen.

»Glauben Sie, sie wurde von hinten überfallen?«

»Das ist sehr wahrscheinlich, ich habe keine Kampfspuren gefunden. Soll ich Ihnen meinen Bericht schicken, Monsieur Maigret?«

»Wenn Sie so gut wären.«

Das freundliche Schlafzimmer wirkte so gar nicht wie das einer Nachtclubtänzerin. Wie im Wohnzimmer war alles aufgeräumt, bis auf den falschen Nerz, der über das Bett geworfen war, und die Handtasche auf dem Sessel.

»Sie ist gegen halb zehn am Quai des Orfèvres aufgebrochen«, sagte Maigret. »Wenn sie ein Taxi genommen hat, ist sie gegen zehn hier gewesen. Wenn sie mit dem Bus oder der Metro gefahren ist, war es sicher ein wenig später. Sie ist sofort überfallen worden.«

Er ging zum Schrank und untersuchte dessen Boden.

»Sie wurde erwartet. Jemand hat sich hier versteckt und sie, sobald sie den Mantel ausgezogen hatte, am Hals gepackt.«

Das alles war eben erst geschehen. Selten kam es vor, dass sie so schnell am Tatort waren.

»Sie brauchen mich wohl nicht mehr?«, sagte der Arzt.

Er ging. Der Kommissar aus dem Viertel fragte, ob er auf die Staatsanwaltschaft warten solle, und brach dann schnell in sein nur wenige Schritte entferntes Büro auf. Lognon dagegen stand nach wie vor mit düsterer Miene in einer Ecke und wartete, bis man ihm sagte, dass er nicht mehr benötigt wurde.

»Haben Sie nichts gefunden?«, fragte ihn Maigret, während er sich seine Pfeife stopfte.

»Ich habe einen Blick in die Schubladen geworfen. Sehen Sie mal in der linken Schublade der Kommode nach.«

Sie war vollgestopft mit Fotografien, die alle Arlette zeigten. Einige waren Reklamefotos wie die im Schaukasten vor dem Picratt's. Sie trug ein schwarzes Seidenkleid, aber nicht so eines, wie sie es jetzt anhatte, sondern ein eng anliegendes Abendkleid.

»Haben Sie ihre Nummer mal gesehen, Lognon? Sie sind doch hier aus dem Viertel.«

»Ich habe sie nie gesehen, aber ich weiß, was sie da

gemacht hat. Sie tanzte tatsächlich, wie Sie es auf den Bildern erkennen können, die obenauf liegen, doch dann drehte sie sich weiter im Takt der Musik und zog dabei langsam ihr Kleid aus, unter dem sie nichts trug. Zum Schluss war sie splitternackt.«

Es sah so aus, als ob sich Lognons lange, knollige Nase rötete.

»Angeblich macht man das in Amerika so. Sobald sie nichts mehr anhatte, ging das Licht aus.«

Nach kurzem Zögern setzte er hinzu:

»Sie sollten mal unter ihr Kleid sehen.«

Und als Maigret zögerte, sagte Lognon wie ertappt:

»Der Arzt, der sie untersucht hat, hat es mir gezeigt. Sie ist vollkommen enthaart. Selbst auf der Straße trug sie nichts drunter.«

Warum waren sie alle drei verlegen? Im stummen Einverständnis vermieden sie es, zu der Toten auf dem Ziegenfell zu sehen, die noch immer etwas Laszives hatte. Maigret warf nur einen flüchtigen Blick auf die anderen, deutlich kleineren Fotos, die vermutlich mit einer Amateurkamera gemacht worden waren und die junge Frau immer nackt und in äußerst erotischen Stellungen zeigten.

»Schauen Sie doch mal, ob Sie hier irgendwo einen Umschlag finden«, sagte er zu Lognon.

Woraufhin der Dummkopf leise lachte, wohl weil er annahm, der Kommissar wolle die Fotos mitnehmen, um sich in seinem Büro an ihnen zu weiden.

Janvier hatte unterdessen begonnen, im Nebenzimmer alles gründlich zu durchsuchen. Es blieb ein seltsamer Widerspruch zwischen dem, was sie sahen, und diesen Fotos, zwischen Arlettes Zuhause und ihrem beruflichen Leben.

In einem Wandschrank fanden sie einen Petroleumkocher, zwei blitzsaubere Töpfe, Teller, Tassen und Besteck, was darauf schließen ließ, dass sie zumindest hin und wieder selbst kochte. Draußen vor dem Fenster hing ein Fliegenschrank, in dem Eier, Butter, gebackener Sellerie und zwei Koteletts verwahrt waren.

Ein anderer Schrank war vollgestopft mit Besen, Putzlappen, Bohnerwachsbüchsen, lauter Dingen, die zu einem geordneten Haushalt gehören, zu einer Hausfrau, die stolz auf ihre Wohnung, ja sogar ein wenig zu gründlich war.

Vergeblich suchten sie nach Briefen und Papieren. Ein paar Zeitschriften lagen herum, aber keine Bücher, außer einem Kochbuch und einem Wörterbuch Französisch-Englisch. Auch keine Fotografien von Eltern, Freunden oder Liebhabern, wie man sie in den meisten Wohnungen findet.

Viele Schuhe mit extrem hohen Absätzen, die meisten fast neu, als hätte Arlette ein besonderes Faible für Schuhe gehabt, oder so empfindliche Füße, dass sie nur schwer passende Schuhe fand.

In der Handtasche befanden sich eine Puderdose, Schlüssel, ein Lippenstift, der Personalausweis und ein Taschentuch ohne Monogramm. Maigret steckte den Ausweis ein.

Da er es in den beiden engen, durch die Zentralheizung überwarmen Zimmern kaum noch aushielt, sagte er zu Janvier:

»Du wartest hier, bis die Staatsanwaltschaft eintrifft. Ich komme wahrscheinlich gleich noch einmal vorbei. Die Leute vom Erkennungsdienst werden bald hier sein.«

Da er keinen Umschlag gefunden hatte, schob er die Fotos in die Manteltasche, lächelte Lognon zu, dem seine Kollegen den Spitznamen Inspektor Griesgram gegeben hatten, und ging dann die Treppe hinunter.

Hier im Haus gab es langwierige Arbeiten zu erledigen. Alle Mieter mussten verhört werden, darunter die dicke Frau mit den Lockenwicklern, die sich für alles, was im Treppenhaus vorging, zu interessieren schien und die vielleicht den Mörder hatte herauf- oder herunterkommen sehen. Zunächst ging Maigret in die Loge der Concierge und bat Madame Boué, das Telefon benutzen zu dürfen, das neben dem Bett unter der Fotografie des uniformierten Monsieur Boué stand.

»Ist Lucas noch nicht zurück?«, fragte er, als die Verbindung mit der Kriminalpolizei hergestellt war.

Er diktierte einem anderen Inspektor die Angaben auf dem Personalausweis.

»Setz dich mit Moulins in Verbindung. Versuch herauszubekommen, ob sie Angehörige hat. Irgendwelche Leute, die sie gekannt haben, lassen sich bestimmt auftreiben. Wenn ihre Eltern noch leben, sollen sie benachrichtigt werden. Ich nehme an, dass sie dann gleich kommen werden.«

Er ging den Gehsteig Richtung Rue Pigalle hinauf und hörte, wie ein Auto vor dem Haus anhielt. Die Staatsanwaltschaft. Die Beamten vom Erkennungsdienst würden folgen, und er wollte lieber nicht dort sein, wenn sich zwanzig Männer in den beiden kleinen Zimmern zu schaffen machten, wo die Leiche noch immer unverändert an ihrem Platz lag.

Zur Linken war eine Bäckerei, zur Rechten eine Weinhandlung mit gelb bemalter Front. Bei Nacht fiel das Picratt's bestimmt durch sein Neonschild auf, mit dem es sich von den dunklen Nachbarhäusern abhob. Am Tag konnte man vorbeigehen, ohne auch nur zu ahnen, dass hier ein Nachtclub war.

Die Fassade war schmal, eine Tür und ein Fenster, und im trüben Licht des Regentages wirkten die Fotos in dem Schaukasten trostlos und zwielichtig.

Es war schon zwölf Uhr vorbei. Zu Maigrets Verwunderung war die Tür nicht abgeschlossen. Im Inneren brannte eine Glühbirne, und eine Frau kehrte den Fußboden zwischen den Tischen.

»Ist der Wirt da?«, fragte er.

Ohne jede Unsicherheit musterte sie ihn, den Besen in der Hand, und fragte:

»Weshalb?«

»Ich möchte ihn persönlich sprechen.«

»Er schläft. Ich bin seine Frau.«

Sie war über die Fünfzig hinaus, vielleicht näherte sie sich schon der Sechzig. Sie war ziemlich dick, aber trotzdem noch behände, und aus ihrem etwas schwammigen Gesicht blickten ihn schöne kastanienbraune Augen an.

»Kommissar Maigret von der Kriminalpolizei.«

Sie war nicht aus der Ruhe zu bringen.

»Wollen Sie sich setzen?«

Es war dunkel in dem Raum, und das Rot der Wände und Tapeten wirkte fast schwarz. Nur in den Flaschen an der Bar, die sich in der Nähe der offenen Tür befand, spiegelte sich ein wenig Tageslicht.

Es war ein lang gestreckter, niedriger Saal mit einer schmalen Bühne für die Musiker, einem Klavier, einem Akkordeon, das in seinem Kasten ruhte, und rings um die Tanzfläche befanden sich, durch etwa ein Meter fünfzig hohe Wände voneinander abgeteilte kleine Nischen, in denen die Gäste mehr oder weniger für sich waren.

»Muss ich Fred wirklich wecken?«

Sie war in Pantoffeln, trug über einem alten Kleid eine graue Schürze und war noch ungewaschen und unfrisiert.

»Sind Sie nachts hier?«

Sie sagte unumwunden:

»Ich kümmere mich um die Toiletten, und außerdem koche ich, wenn die Gäste etwas essen möchten.«

»Wohnen Sie hier im Haus?«

»Im Hochparterre. Hinter der Küche führt eine Treppe zu unserer Wohnung. Aber wir haben auch noch ein Haus in Bougival; dort sind wir an den Tagen, wenn hier geschlossen ist.«

Sie wirkte nicht im Geringsten beunruhigt. Es machte sie zwar gewiss stutzig, dass sich ein so hoher Beamter der Polizei hierher bemüht hatte, aber an den Umgang mit der Polizei war sie gewöhnt. Geduldig wartete sie ab.

»Haben Sie diesen Nachtclub schon lange?«

»Im nächsten Monat sind's elf Jahre.«

»Haben Sie viele Gäste?«

»Kommt auf den Tag an.«

Auf einem bedruckten Kärtchen las er:

Finish the night at Picratt's,
The hottest spot in Paris.

Mit dem wenigen Englisch, das er behalten hatte, übersetzte er sich:

Beenden Sie die Nacht im Picratt's,
dem aufregendsten Ort von Paris.

Das Wort »aufregend« stimmte nicht ganz. Das englische Wort bedeutete noch mehr: der »heißeste« Ort von Paris, und »heiß« hatte hier eine ganz besondere Bedeutung.

Sie blickte ihn immer noch ruhig an.

»Möchten Sie nicht etwas trinken?«

Sie wusste genau, dass er ablehnen würde.

»Wo verteilen Sie diese Karten?«

»Wir geben sie den Portiers der großen Hotels, die sie ihren Gästen zustecken, vor allem den Amerikanern. Nachts, spät nachts, wenn sie von den großen Lokalen genug haben und nicht mehr wissen, wo sie hingehen sollen, schicken wir Heuschrecke los, unseren Schlepper, der den Leuten diese Karten in die Hand drückt oder sie unauffällig in Autos und Taxis legt. Bei uns fängt die Arbeit erst an, wenn bei den anderen Schluss ist. Verstehen Sie?«

Er verstand. Wer hierherkam, hatte zumeist den ganzen Abend auf dem Montmartre verbracht, ohne zu finden, was er suchte, und versuchte im Pricatt's zum letzten Mal sein Glück.

»Die meisten Gäste kommen wohl schon halb betrunken hier an?«

»Ja, das kann man sagen.«

»War letzte Nacht viel los?«

»Es war Montag. Montag ist nie viel los.«

»Können Sie von Ihrem Platz aus sehen, was im Saal vor sich geht?«

Sie deutete auf eine Tür im Hintergrund, links neben der Musikerbühne, mit der Aufschrift *Toiletten*. Rechts war eine Tür ohne Schild.

»Ich bin fast immer dort. Wir servieren eigentlich kein Essen, aber manchmal verlangen Gäste eine Zwiebelsuppe, Gänseleber oder kalten Hummer. Dann gehe ich kurz in die Küche.«

»Ansonsten sind Sie immer im Saal?«

»Meistens. Ich behalte die Mädchen im Auge und gehe im richtigen Augenblick herum und biete Pralinen, Blumen oder eine Seidenpuppe an. Sie wissen ja, wie das läuft.«

Sie versuchte nicht, irgendwas zu beschönigen. Mit einem Seufzer der Erleichterung hatte sie sich hingesetzt und einen Pantoffel ausgezogen. Der Fuß war unförmig und geschwollen.

»Was möchten Sie eigentlich wissen? Nicht, dass ich Sie drängen will, aber ich muss gleich hochgehen und Fred wecken. Er ist ein Mann und braucht mehr Schlaf als ich.«

»Wann sind Sie zu Bett gegangen?«

»Gegen fünf. Manchmal wird's sieben, ehe ich nach oben gehe.«

»Und wann sind Sie aufgestanden?«

»Vor einer Stunde. Gefegt habe ich schon, wie Sie sehen.«

»Hat Ihr Mann sich zur selben Zeit hingelegt?«

»Er ist fünf Minuten vor mir hinaufgegangen.«

»Und heute Vormittag war er nicht aus?«

»Er hat sein Bett nicht verlassen.«

Jetzt beunruhigte sie es doch ein wenig, dass er dauernd von ihrem Mann sprach.

»Es geht hier doch nicht um ihn, oder?«

»Nein, nur am Rande. Es geht um zwei Männer, die heute früh gegen zwei Uhr da waren und in einer der Nischen saßen. Erinnern Sie sich?«

»Zwei Männer?«

Sie blickte über die Tische hinweg und schien in ihrem Gedächtnis zu suchen.

»Wissen Sie noch, wo Arlette saß, bevor sie ihren zweiten Auftritt hatte?«

»Sie war mit ihrem jungen Freund zusammen, ja. Dabei habe ich ihr gesagt, dass sie mit dem nur ihre Zeit vertut.«

»Kommt er oft?«

»Er war drei- oder viermal hier. Das passiert immer wieder – junge Männer, die sich hierher verirren und sich dann in eins der Mädchen verlieben. Ich sage den Mädchen dann, einmal schadet nichts, wenn's ihnen Spaß macht, aber sie sollen dafür sorgen, dass die Männer nicht wiederkommen. Ja, sie haben an Tisch sechs gesessen, der dritte von der Straße aus gesehen. Ich konnte sie von meinem Platz aus beobachten. Er hat die ganze Zeit ihre Hände gehalten und mit schmachtender Miene auf sie eingeredet, wie sie das immer alle in solchen Fällen tun.«

»Und am Nachbartisch?«

»Da hab ich niemanden gesehen.«

»Den ganzen Abend nicht?«

»Das ist leicht festzustellen. Die Tische sind noch nicht abgewischt. Wenn dort Gäste gesessen haben, müssen noch Zigaretten oder Zigarrenstummel im Aschenbecher liegen und Glasränder auf dem Tisch sein.«

Sie blieb ruhig sitzen, während er zu dem Tisch ging, um selbst nachzusehen.

»Ich sehe nichts.«

»An einem anderen Tag wäre ich da nicht so sicher, aber montags ist so wenig Betrieb, dass wir schon überlegt haben, an dem Tag zu schließen. Es war kaum ein Dutzend Gäste da, möchte ich schwören. Mein Mann kann es Ihnen bestätigen.«

»Kennen Sie Oscar?«, fragte er unvermittelt.

Sie zuckte nicht zusammen, aber er hatte den Eindruck, dass sie nicht mehr freiheraus sprach.

»Was für ein Oscar?«

»Ein Mann mittleren Alters, klein, untersetzt, mit grauen Haaren.«

»Das sagt mir nichts. Unser Schlachter heißt Oscar, aber er ist groß und braunhaarig und hat einen Schnurrbart. Vielleicht weiß mein Mann …«

»Könnten Sie ihn bitte holen?«

Er blieb allein an seinem Platz, in diesem roten Tunnel, an dessen Ende die Tür ein hellgraues Viereck bildete, wie eine Leinwand, auf der die schemenhaften Figuren einer alten Wochenschau vorbeihuschen.

Vor sich an der Wand sah er ein Foto von Arlette, in dem obligaten schwarzen Kleid, das sich so eng an ihren Körper schmiegte, dass sie darin nackter wirkte als auf den obszönen Fotos, die er in der Tasche hatte.

Heute Morgen in Lucas' Büro hatte er sie kaum beachtet. Kleine Nachtvögel wie sie gab es viele. Trotzdem hatte er bemerkt, dass sie blutjung war und dass irgendetwas nicht zu stimmen schien. Er hörte noch ihre müde Stimme, die Stimme, die diese Mädchen alle haben, wenn sie nachts zu viel getrunken und geraucht haben. Er sah ihre unruhigen Augen deutlich vor sich, erinnerte sich, dass er unwillkürlich einen Blick auf ihre Brüste geworfen hatte, und besonders an diesen Geruch nach Frau, fast nach warmem Bett.

Selten war ihm eine Frau mit einer so starken sexuellen Ausstrahlung begegnet, und das passte gar nicht zu ihrem ängstlichen Jungmädchenblick und noch weniger zu der Wohnung, die er eben besucht hatte, mit dem blank gebohnerten Fußboden, dem vollen Besenschrank und dem Fliegenschrank.

»Fred kommt gleich.«

»Haben Sie ihn schon gefragt?«

»Ich habe ihn gefragt, ob ihm zwei Männer aufgefallen sind, aber er kann sich nicht erinnern. Er ist sich sogar fast sicher, dass an dem Tisch nie zwei Gäste gesessen haben. Das ist Tisch vier. Die Tische sind nämlich nummeriert. An Tisch fünf hat ein Amerikaner gesessen, der fast eine ganze Flasche Whisky getrunken hat, und an Tisch elf saß eine Gruppe mit Frauen. Désiré, unser Kellner, wird es Ihnen heute Abend bestätigen können.«

»Wo wohnt er?«

»In einem Vorort. Ich weiß nicht genau, wo. Er fährt morgens von der Gare Saint-Lazare mit dem Zug nach Hause.«

»Haben Sie sonst noch Personal?«

»Der Schlepper, den ich schon erwähnt habe – wir nennen ihn Heuschrecke. Er öffnet die Wagentüren, gibt den Portier und verteilt bei Gelegenheit die Werbekarten. Und dann die Musiker und die Mädchen.«

»Wie viele Mädchen?«

»Außer Arlette gibt es noch Betty Bruce, die Sie da auf dem Bild links sehen. Ihre Tanznummer ist ziemlich akrobatisch. Und Tania, die vor und nach ihrer Nummer Klavier spielt. Das sind im Augenblick alle. Natürlich kommen auch manchmal welche von draußen, die hier was trinken, in der Hoffnung, eine Bekanntschaft zu machen, aber sie gehören nicht zum Haus. Wir bleiben hier sozusagen unter uns. Fred und ich haben keinen Ehrgeiz, und wenn wir genug Geld beiseitegelegt haben, ziehen wir ganz in unser Haus in Bougival. Ah, da kommt er ...«

Ein etwa fünfzigjähriger gedrungener Mann, der sich gut gehalten hatte und dessen schwarzes Haar nur an den Schläfen von Silberfäden durchzogen war, trat aus der Küche. Er war noch dabei, sich ein Jackett über sein kragenloses Hemd zu streifen. Er schien nach den erstbesten Kleidungsstücken gegriffen zu haben, denn zu seiner Smokinghose trug er Pantoffeln an den bloßen Füßen.

Er war ebenso ruhig, ja noch ruhiger als seine Frau. Sicherlich kannte er Maigret dem Namen nach, aber es war das erste Mal, dass er ihm persönlich begegnete, und er kam langsam näher, um ihn ausführlich mustern zu können.

»Fred Alfonsi«, stellte er sich vor und reichte Maigret die Hand. »Hat Ihnen meine Frau nichts angeboten?«

Wie um sich zu vergewissern strich er mit der Hand über Tisch vier.

»Nehmen Sie wirklich nichts? Es stört Sie hoffentlich nicht, wenn mir Rose eine Tasse Kaffee macht?«

Daraufhin verschwand seine Frau in der Küche. Er setzte sich dem Kommissar gegenüber und wartete, die Ellbogen auf dem Tisch.

»Sind Sie sicher, dass heute Nacht niemand an diesem Tisch gesessen hat?«

»Hören Sie, Herr Kommissar, ich weiß, wer Sie

sind, aber Sie kennen mich nicht. Vielleicht haben Sie sich, ehe Sie hergekommen sind, bei Ihren Kollegen von der Sitte erkundigt. Diese Herren kreuzen hin und wieder hier auf, wie es ihre Pflicht verlangt, und das schon seit Jahren. Wenn sie's nicht bereits getan haben, werden sie Ihnen sagen, dass ich ein vollkommen harmloser Mensch bin.«

Seine eingeschlagene Nase und seine Blumenkohlohren, die den ehemaligen Boxer verrieten, standen in seltsamem Widerspruch zu dieser Behauptung.

»Wenn ich Ihnen versichere, dass niemand an diesem Tisch gesessen hat, dann stimmt das auch. Das ist nur ein kleines Lokal. Wir haben wenig Personal, und ich bin immer da, um alles im Blick zu haben. Ich kann Ihnen genau sagen, wie viele Personen letzte Nacht hier gewesen sind. Ich brauche nur die Kassenbons zu überprüfen, auf denen die Tischnummern verzeichnet sind.«

»Arlette saß mit ihrem Verehrer an Tisch fünf?«

»An Tisch sechs. Rechts sind die geraden Zahlen: zwei, vier, sechs, acht, zehn, zwölf. Links die ungeraden.«

»Und am nächsten Tisch?«

»An der Acht? Zwei Paare, die erst gegen vier Uhr kamen, Pariser, die noch nie hier waren. Sie wussten nicht, wohin sie gehen sollten, und haben rasch gemerkt, dass das hier nicht das Richtige für sie ist. Sie haben nur eine Flasche Champagner getrunken und sind dann wieder gegangen. Fast direkt danach habe ich zugemacht.«

»Weder an diesem Tisch noch an irgendeinem anderen haben Sie zwei Männer gesehen, die allein blieben, und von denen einer schon älter war und ungefähr so aussah wie Sie?«

Fred, der wusste, wie der Hase lief, lächelte und antwortete:

»Wenn Sie mir endlich reinen Wein einschenken, kann ich Ihnen vielleicht behilflich sein. Finden Sie nicht, dass wir lange genug Katz und Maus gespielt haben?«

»Arlette ist tot.«

»Was?«

Er war zusammengezuckt, stand erschrocken auf und rief nach hinten:

»Rose! Rose! …«

»Ja, ich komme gleich …«

»Arlette ist tot.«

»Was sagst du da?«

Mit einer für ihre Körperfülle erstaunlichen Geschwindigkeit kam sie herbeigelaufen.

»Arlette?«, wiederholte sie.

»Sie ist heute Morgen in ihrem Schlafzimmer erdrosselt worden«, sagte Maigret und behielt die beiden dabei fest im Blick.

»Nein, so was! Wer ist der Dreckskerl …«

»Genau das will ich herausfinden.«

Rose schnäuzte sich, und man merkte, dass sie wirklich den Tränen nahe war. Mit starren Augen blickte sie auf die Fotografie an der Wand.

»Wie ist das passiert?«, fragte Fred und ging zur Bar.

Er wählte sorgfältig eine Flasche aus, füllte drei Gläser und reichte das erste seiner Frau. Es war guter alter Cognac. Ruhig stellte er das zweite Glas vor Maigret auf den Tisch, der schließlich doch einen kleinen Schluck trank.

»Sie hat letzte Nacht zufällig ein Gespräch zwischen zwei Männern belauscht, in dem von einer Gräfin die Rede war.«

»Was für eine Gräfin?«

»Das weiß ich nicht. Einer der Männer soll Oscar heißen.«

Fred verzog keine Miene.

»Sie ist dann zum Kommissariat hier im Viertel gegangen, um zu melden, was sie gehört hatte, und von da hat man sie zum Quai des Orfèvres gebracht.«

»Und deswegen hat man sie kaltgemacht?«

»Wahrscheinlich.«

»Hast du zwei Männer in einer Nische gesehen, Rose?«

Sie verneinte. Beide wirkten ehrlich überrascht und betroffen.

»Ich schwöre Ihnen, Herr Kommissar, wenn die zwei Männer hier gewesen wären, würde ich es wissen und es Ihnen sagen. Wir brauchen uns nichts vorzumachen. Sie wissen selbst, wie es in einem Lokal wie unserem läuft. Die Leute kommen nicht her, um außergewöhnliche Vorführungen zu sehen oder um zu hervorragender Jazzmusik zu tanzen. Und besonders vornehm ist es hier auch nicht. Sie haben unsere Karte ja gelesen.

Die Leute gehen zuerst in andere Lokale, auf der Suche nach etwas Aufregendem. Wenn sie dort eine Nutte aufgabeln, kriegen wir sie nicht mehr zu sehen. Aber wenn sich da nichts findet, was ihnen gefällt, landen sie bei uns. Meistens haben sie dann schon tüchtig geladen.

Die meisten Nachtchauffeure machen mit mir gemeinsame Sache und bekommen dafür ein gutes Trinkgeld. Einige Portiers der großen Nachtclubs flüstern ihren Gästen beim Gehen unsere Adresse ins Ohr.

Zu uns kommen vor allem Ausländer, die glauben, hier könnten sie etwas ganz besonders Pikantes erleben.

Aber das einzig Pikante, das es hier zu sehen gab, war Arlettes Striptease. Wenn ihr Kleid ganz fiel, sah man sie für den Bruchteil einer Sekunde ganz nackt. Um keine Scherereien zu bekommen, habe ich sie gebeten, alle Körperhaare abzurasieren, dann scheint es weniger anstößig zu sein.

Nur selten kam es vor, dass sie hinterher nicht an einen Tisch gebeten wurde.«

»Ist sie mit Gästen ins Bett gegangen?«, fragte Maigret ruhig.

»Hier jedenfalls nicht. Und auch nicht während der Arbeitszeit. Ich lasse die Mädchen nicht gehen, solange das Lokal geöffnet ist. Sie sorgen dafür, dass die Gäste lange bleiben, und animieren sie zum Trinken; vermutlich versprechen sie ihnen, sie hinterher am Ausgang zu treffen.«

»Tun sie das dann?«

»Ja, was denken Sie?«

»Arlette auch?«

»Bestimmt ist das auch vorgekommen.«

»Mit dem jungen Mann von letzter Nacht?«

»Sicher nicht. Der hat es ernst gemeint, wie man so sagt. Er ist eines Abends mit einem Freund hergekommen und hat sich sofort in Arlette verknallt. Er war dann noch ein paarmal hier, ist aber nie bis zum Schluss geblieben. Er muss wahrscheinlich früh aufstehen, um zur Arbeit zu gehen.«

»Hatte sie noch andere Stammkunden?«

»Bei uns gibt's kaum Stammgäste, das müssten Sie doch mittlerweile verstanden haben. Alles Laufkundschaft. Sie gleichen sich zwar alle, aber es sind immer Neue.«

»Hatte sie keine Freunde?«

»Darüber weiß ich nichts«, antwortete er kühl.

Mit einem zögerlichen Blick auf Freds Frau fragte Maigret:

»Ist es auch vorgekommen, dass Sie ...«

»Sie brauchen keine Hemmungen zu haben. Rose ist nicht eifersüchtig, das macht ihr schon lange nichts mehr aus. Ja, das ist auch vorgekommen, wenn Sie's durchaus wissen müssen.«

»Bei ihr zu Hause?«

»Ich bin nie bei ihr gewesen. Hier. In der Küche.«

»So macht er es immer«, sagte Rose. »Aber kaum ist er verschwunden, ist er schon wieder zurück. Und das Mädchen kommt gleich hinterher und schüttelt sich wie eine Bordsteinschwalbe.«

Darüber musste sie lachen.

»Von der Gräfin wissen Sie nichts?«

»Welche Gräfin?«

»Nicht so wichtig. Können Sie mir die Adresse von Heuschrecke geben? Wie heißt er wirklich?«

»Thomas ... er hat keinen anderen Namen. Er war Zögling bei der Fürsorge. Ich kann Ihnen nicht sagen, wo er schläft, aber Sie finden ihn heute Nachmittag auf der Rennbahn. Das ist seine einzige Leidenschaft. Noch ein Gläschen?«

»Nein danke.«

»Glauben Sie, dass Journalisten kommen werden?«

»Vermutlich schon, wenn sie davon erfahren.«

Es war schwer zu erraten, ob Fred sich über die Reklame, die das für ihn bedeuten würde, freute oder ärgerte.

»Jedenfalls stehe ich Ihnen zur Verfügung. Wahrscheinlich ist es besser, wenn ich heute Abend wie immer öffne. Wenn Sie vorbeikommen wollen, können Sie alle vernehmen.«

Als Maigret wieder in die Rue de Notre-Dame-de-Lorette kam, war der Wagen der Staatsanwaltschaft schon fort, und eben fuhr der Krankenwagen mit der Leiche der jungen Frau ab. Vor der Haustür stand eine kleine Gruppe von Gaffern, aber bei Weitem nicht so viele, wie man hätte vermuten können.

Janvier telefonierte gerade in der Loge der Concierge. Als er aufgelegt hatte, sagte er zu Maigret:

»Wir haben schon Nachricht aus Moulins. Die Leleus leben beide noch, Vater und Mutter, und sie haben einen Sohn, der Bankangestellter ist. Jeanne, ihre Tochter, ist eine kleine Brünette mit einer platten Nase. Sie ist vor drei Jahren fort und hat nie wieder von sich hören lassen. Die Eltern wollen nichts mehr von ihr wissen.«

»Die Personenbeschreibung passt nicht?«

»Nein, überhaupt nicht. Sie ist fünf Zentimeter kleiner als Arlette und hat sich ja wohl kaum die Nase verlängern lassen.«

»Keine Meldung wegen der Gräfin bisher?«

»Nein, von dieser Seite noch gar nichts. Ich habe die Mieter in Haus B befragt. Es sind ziemlich viele. Die dicke Blonde, die uns hinaufgehen sah, ist Garderobiere in einem Theater. Sie behauptet, sie kümmere sich nicht um das, was im Haus passiert, hat aber gehört, wie wenige Minuten vor dem Mädchen ein Mann hochgegangen ist.«

»Dann hat sie also auch gehört, wie Arlette hinaufging. Woran hat sie sie erkannt?«

»An ihrem Schritt, sagt sie. In Wirklichkeit lauert sie ständig hinter der halbgeöffneten Tür.«

»Hat sie den Mann gesehen?«

»Sie sagt, nein, aber er sei langsam die Treppe hinaufgestiegen, wie jemand, der sehr dick ist oder herzkrank.«

»Hat sie ihn wieder herunterkommen hören?«

»Nein.«

»Ist sie sicher, dass es kein Mieter aus einem der oberen Stockwerke war?«

»Sie erkennt alle Mieter an ihrem Schritt. Ich war auch bei Arlettes Nachbarin, einer Kellnerin in einer Brasserie, die ich erst wecken musste. Aber sie hat nichts gehört.«

»Ist das alles?«

»Lucas hat angerufen, er ist wieder im Büro und wartet auf Anweisungen.«

»Fingerabdrücke?«

»Man hat nur unsere und die von Arlette gefunden. Sie bekommen den Bericht heute Abend.«

»Wohnt hier jemand, der Oscar heißt?«, fragte Maigret die Concierge für alle Fälle.

»Nein, Herr Kommissar. Aber vor sehr langer Zeit habe ich einmal eine telefonische Nachricht für Arlette angenommen. Eine Männerstimme, mit einem Akzent vom Land, hat gesagt:

›Richten Sie ihr bitte aus, dass Oscar sie am üblichen Ort erwartet.‹«

»Wie lang ist das etwa her?«

»Ein oder zwei Monate nachdem sie eingezogen ist. Das ist mir im Kopf geblieben, weil es die einzige Nachricht war, die sie je erhalten hat.«

»Bekam sie Post?«

»Hin und wieder einen Brief aus Brüssel.«

»Eine Männerhandschrift?«

»Die einer Frau, aber nicht die einer gebildeten Frau.«

Eine halbe Stunde später stiegen Maigret und Janvier, die in der Brasserie Dauphine noch rasch ein Bier getrunken hatten, die Treppe am Quai des Orfèvres hinauf.

Maigret hatte kaum die Tür zu seinem Büro geöffnet, als der kleine Lapointe mit roten Augen und unruhigem Blick hereinkam.

»Ich muss Sie sofort sprechen, Chef.«

Als der Kommissar sich vom Wandschrank, in den er Mantel und Hut gehängt hatte, umdrehte, sah er, wie der Inspektor sich auf die Lippe biss und die Fäuste ballte, um nicht in Tränen auszubrechen.

3

Er hatte Maigret den Rücken zugewandt und das Gesicht fast an die Scheibe gepresst, als er zwischen zusammengebissenen Zähnen hervorstieß:

»Als ich sie heute Morgen hier sah, habe ich mich gefragt, warum man sie hergebracht hat. Auf dem Weg nach Javel hat mir Lucas die Geschichte erzählt. Und jetzt habe ich erfahren, dass sie tot ist.«

Maigret, der sich an seinen Schreibtisch gesetzt hatte, sagte langsam:

»Ich hatte nicht daran gedacht, dass du Albert heißt.«

»Nach allem, was sie ihm anvertraut hat, hätte Lucas sie nicht alleine gehen lassen dürfen, ganz ohne Schutz.«

Er sprach wie ein schmollendes Kind, und der Kommissar musste lächeln.

»Komm her, setz dich.«

Lapointe zögerte, als wäre er auch auf Maigret böse. Dann setzte er sich widerwillig auf den Stuhl vor dem Schreibtisch. Aber er blickte noch immer nicht auf, sondern starrte auf den Boden, und die beiden, Maigret, der bedächtig seine Pfeife paffte, und Lapointe, wirkten wie Vater und Sohn bei einer ernsten Aussprache.

»Du bist noch nicht sehr lange hier, aber du solltest doch schon wissen, dass ihr kaum noch Zeit zum Schlafen hättet oder um ein Sandwich zu essen, wenn wir alle, die jemanden anzeigen, unter Polizeischutz stellen würden. Stimmt's?«

»Ja, Chef. Aber ...«

»Was aber?«

»Bei ihr war das etwas anderes.«

»Warum?«

»Sie sehen doch, dass ihre Anzeige nicht aus der Luft gegriffen war.«

»Na, nun hast du dich ja wieder etwas beruhigt. Also, erzähl mal.«

»Was soll ich erzählen?«

»Alles.«

»Wie ich sie kennengelernt habe?«

»Wie du willst. Fang von vorne an.«

»Ich war mit einem Freund aus Meulan unterwegs, einem Schulkameraden, der nicht oft nach Paris kommt. Zuerst waren wir mit meiner Schwester unterwegs, dann haben wir sie nach Hause gebracht und sind noch zum Montmartre gefahren. Sie wissen ja, wie das läuft. Wir haben in zwei oder drei Lokalen etwas getrunken, und als wir aus dem letzten herauskamen, hat uns so ein Zwerg eine Karte in die Hand gedrückt.«

»Warum sagst du, so ein Zwerg?«

»Weil er aussieht wie vierzehn, aber ein ganz faltiges Gesicht hat, wie ein älterer Mann. Sein Körper und seine ganze Gestalt sind die eines Straßenjungen, darum nennt man ihn wohl Heuschrecke. Da mein Freund von den anderen Lokalen enttäuscht war, dachte ich, das Picratt's würde ihm etwas Pikanteres bieten, und so sind wir hingegangen.«

»Wie lange ist das her?«

Er kramte in seinem Gedächtnis und schien überrascht, ja bestürzt, als er dann sagen musste:

»Drei Wochen.«

»Und da hast du Arlette kennengelernt?«

»Sie hat sich an unseren Tisch gesetzt. Mein Freund, der sich nicht auskennt, hat sie für eine Bordsteinschwalbe gehalten, und wir haben uns beim Rausgehen gezankt.«

»Ihretwegen?«

»Ja. Ich habe gleich gemerkt, dass sie nicht wie die anderen war.«

Maigret hörte ihm zu, ohne zu lächeln, während er eine seiner Pfeifen einer gründlichen Reinigung unterzog.

»Und in der nächsten Nacht bist du wieder dort gewesen?«

»Ja, ich wollte mich dafür entschuldigen, wie mein Freund mit ihr gesprochen hat.«

»Was hat er denn gesagt?«

»Er hat ihr Geld angeboten, damit sie mit ihm schläft.«

»Hat sie abgelehnt?«

»Selbstverständlich. Ich bin ziemlich früh hingegangen, um sicherzugehen, dass noch kaum jemand da war, und sie war auch gleich bereit, ein Glas mit mir zu trinken.«

»Ein Glas oder eine Flasche?«

»Eine Flasche. Der Wirt erlaubt den Mädchen nicht, sich zu den Gästen zu setzen, wenn die ihnen nur ein Glas bestellen. Man muss Champagner nehmen.«

»Verstehe.«

»Ich weiß, was Sie denken, aber sie ist trotzdem gekommen, um zu berichten, was sie wusste, und dann ist sie erdrosselt worden.«

»Hat sie dir von einer Gefahr erzählt, die ihr drohte?«

»Nicht ausdrücklich. Aber mir ist nicht entgangen, dass es in ihrem Leben allerlei Geheimnisvolles gab.«

»Was zum Beispiel?«

»Das ist schwer zu erklären. Man wird mir ohnehin nicht glauben, weil ich sie geliebt habe.«

Er sprach die letzten Worte mit leiser Stimme und hob den Kopf, um dem Kommissar in die Augen zu sehen, bereit, sich bei der leisesten Ironie zur Wehr zu setzen.

»Ich wollte, dass sie ihr Leben ändert.«

»Indem du sie heiratest?«

Lapointe war verlegen, er zögerte.

»Daran habe ich nicht gedacht. Ich hätte sie bestimmt nicht gleich geheiratet.«

»Aber du wolltest nicht, dass sie sich weiter nackt in einem Nachtclub zeigte.«

»Ich bin sicher, dass sie darunter gelitten hat.«

»Hat sie dir das gesagt?«

»Das ist alles etwas komplizierter, Chef. Ich verstehe, dass Sie das Ganze anders sehen. Ich weiß auch, was für Frauen man in solchen Lokalen trifft.

Zum einen war es schwer zu sagen, was sie wirklich dachte, weil sie trank. Für gewöhnlich trinken diese Mädchen nicht, das können Sie sicherlich bestätigen. Sie tun zwar so, um die Gäste zum Trinken zu animieren, aber sie bekommen immer ein Gläschen Sirup serviert, der aussieht wie Likör, stimmt's?«

»Fast immer.«

»Arlette trank, weil sie es brauchte. Beinahe jeden Abend. Sodass der Wirt, Monsieur Fred, sich vor ihrem Auftritt immer vergewissern musstc, dass sie sich noch auf den Beinen halten konnte.«

Lapointe fühlte sich dem Picratt's schon so zugehörig, dass er Monsieur Fred sagte, wie wahrscheinlich das gesamte Personal.

»Bist du nie bis zum Morgen geblieben?«

»Sie wollte das nicht.«

»Warum?«

»Weil ich ihr gestanden hatte, dass ich wegen meiner Arbeit früh aufstehen muss.«

»Hast du ihr auch gesagt, dass du bei der Polizei bist?«

Er wurde rot.

»Nein. Aber ich habe ihr erzählt, dass ich mit meiner Schwester zusammenwohne und deshalb nicht zu spät nach Hause kommen darf. Ich habe ihr nie Geld gegeben. Sie hätte es auch nicht angenommen. Ich durfte nie mehr als eine Flasche bestellen, und sie suchte immer den billigsten Champagner aus.«

»Glaubst du, dass sie in dich verliebt war?«

»Letzte Nacht war ich davon überzeugt.«

»Warum? Worüber habt ihr gesprochen?«

»Immer über das Gleiche, über sie und mich.«

»Hat sie dir gesagt, wer sie war und aus was für einer Familie sie stammte?«

»Sie hat mir nicht verschwiegen, dass sie einen falschen Ausweis hatte und dass es furchtbar wäre, wenn man ihren richtigen Namen entdecken würde.«

»War sie gebildet?«

»Das weiß ich nicht. Aber sie war sicherlich nicht für diesen Beruf geboren. Sie hat mir nichts von ihrem Leben erzählt. Sie hat nur einen Mann erwähnt, von dem sie nie mehr loskommen werde, und hinzugefügt, es sei allein ihre Schuld, es sei zu spät, und dass ich nicht mehr kommen solle, weil ihr das nur unnötig wehtue. Und darum glaube ich, dass sie anfing, mich zu lieben. Während sie das alles sagte, hielt sie meine Hände umklammert.«

»War sie da schon betrunken?«

»Vielleicht. Sie hatte sicherlich getrunken, aber sie war noch ganz klar. Ich habe sie fast immer so erlebt, angespannt, und mit einem kummervollen oder einem verzweifelt ausgelassenen Ausdruck in den Augen.«

»Hast du mit ihr geschlafen?«

Fast etwas wie Hass lag in dem Blick, den Lapointe dem Kommissar zuwarf:

»Nein!«

»Hast du sie nie darum gebeten?«

»Nein.«

»Und sie hat es dir nicht vorgeschlagen?«

»Niemals.«

»Wollte sie dich glauben lassen, dass sie noch Jungfrau ist?«

»Sie hat sich vielen Männern hingeben müssen. Sie hat sie gehasst.«

»Weswegen?«

»Deswegen.«

»Weswegen?«

»Wegen dem, was sie ihr angetan haben. Sie muss noch ganz jung gewesen sein. Ich kenne die Umstände nicht, aber es hat sie geprägt. Eine Erinnerung ließ ihr keine Ruhe. Immer wieder hat sie mir von einem Mann erzählt, vor dem sie große Angst hatte.«

»Oscar?«

»Sie hat seinen Namen nie genannt. Nicht wahr, Sie glauben, dass sie nur mit mir gespielt hat und dass ich naiv bin? Aber das ist mir gleich. Sie ist tot, und das beweist auf jeden Fall, dass ihre Angst nicht unbegründet war.«

»Hast du niemals Lust gehabt, mit ihr zu schlafen?«

»Doch, am ersten Abend, als ich mit meinem Freund dort war«, gestand er. »Haben Sie sie je gesehen, als sie noch lebte? Ach, stimmt, heute früh, als sie müde und erschöpft war. Wenn Sie sie unter anderen Umständen gesehen hätten, würden Sie verstehen … Keine Frau …«

»Keine Frau?«

»Ich weiß nicht, wie ich es sagen soll. Alle Männer waren hinter ihr her. Wenn sie ihren Auftritt hatte …«

»Hat sie mit Fred geschlafen?«

»Sie hat sich ihm hingeben müssen, wie den anderen.«

Maigret versuchte herauszubekommen, wie viel Arlette Lapointe erzählt hatte.

»Wo?«

»In der Küche. Rose wusste es. Sie wagte nicht, etwas dagegen zu sagen, weil sie große Angst hatte, ihren Mann zu verlieren. Haben Sie sie gesehen?«

Maigret nickte.

»Hat sie Ihnen gesagt, wie alt sie ist?«

»Ich vermute, über fünfzig.«

»Sie ist beinahe siebzig. Fred ist zwanzig Jahre jünger als sie. Sie soll eine der schönsten Frauen ihrer Zeit gewesen und von steinreichen Männern ausgehalten worden sein. Sie liebt ihn wirklich. Sie traut sich nicht, ihre Eifersucht zu zeigen, und achtetet darauf, dass es in ihrem Haus geschieht. Es erscheint ihr dann weniger gefährlich, verstehen Sie?«

»Ich verstehe.«

»Arlette hat ihr mehr Angst gemacht als die anderen, und sie hat sie immer im Auge gehabt. Allerdings war es hauptsächlich Arlette zu verdanken, dass das Lokal so gut lief. Ohne sie wird kaum noch jemand kommen. Die anderen sind brave Mädchen, wie man sie in jedem Nachtclub auf dem Montmartre findet.«

»Was ist letzte Nacht vorgefallen?«

»Hat sie davon gesprochen?«

»Sie hat Lucas gesagt, dass du bei ihr warst, aber sie hat nur deinen Vornamen genannt.«

»Ich bin bis halb drei geblieben.«

»An welchem Tisch?«

»An der Sechs.«

Er sprach wie ein Stammgast, eigentlich sogar wie jemand, der zum Haus gehörte.

»Waren am Nachbartisch Gäste?«

»An der Vier nicht. An der Acht saß eine ganze Gruppe, Männer und Frauen, die jede Menge Lärm machten.«

»Sodass du gar nicht bemerkt hättest, wenn jemand an der Vier gesessen hätte?«

»Doch, ich hätte es bemerkt. Ich wollte nicht, dass man hörte, was ich sagte, deswegen bin ich von Zeit zu Zeit aufgestanden, um auf die andere Seite der Trennwand zu blicken.«

»Hast du an irgendeinem Tisch einen untersetzten Mann mittleren Alters mit grauem Haar gesehen?«

»Nein.«

»Und schien Arlette nicht ein anderes Gespräch zu belauschen, während du mit ihr sprachst?«

»Nein, ganz sicher nicht. Warum?«

»Willst du mir bei den Ermittlungen helfen?«

Lapointe sah Maigret überrascht an und brachte dann dankbar hervor:

»Das darf ich, obwohl …«

»Hör mir jetzt gut zu, denn das ist wichtig. Um vier Uhr morgens hat Arlette das Picratt's verlassen und ist zum Revier in der Rue de La Rochefoucauld gegangen. Nach der Aussage des Wachtmeisters, der sie vernommen hat, war sie sehr aufregt und schwankte ein wenig.

Sie hat ihm von zwei Männern erzählt, die an Tisch vier saßen, während sie mit dir an Tisch sechs saß, und deren Unterhaltung sie zum Teil belauscht habe.«

»Aber warum hat sie das gesagt?«

»Ich weiß es nicht. Wenn wir das wissen, sind wir

sicher ein gutes Stück weiter. Aber das ist nicht alles. Die beiden Männer haben von einer gewissen Gräfin gesprochen, die einer der beiden umbringen wollte. Arlette behauptet, sie habe, als die beiden rausgingen, den einen von hinten genau sehen können, ein Mann in mittleren Jahren, klein, mit breiten Schultern und grauem Haar. Außerdem hat sie angeblich den Namen Oscar aufgeschnappt, der sich auf ihn zu beziehen schien.«

»Aber ich hätte doch auch hören müssen …«

»Ich war bei Fred und seiner Frau. Sie versichern ebenfalls, dass an Tisch vier den ganzen Abend über niemand gesessen habe und dass die Beschreibung auch auf keinen anderen Gast im Picratt's zutreffe. Arlette hat also etwas gewusst. Sie wollte oder konnte nicht sagen, woher sie es wusste. Sie war betrunken, das hast du selbst gesagt. Und sie hat gedacht, man würde nicht überprüfen, wo die Gäste im Lauf der Nacht gesessen haben. Kannst du mir folgen?«

»Ja. Aber wie ist sie auf den Namen Oscar gekommen? Warum?«

»Genau. Man hat sie nicht danach gefragt, warum auch? Sie hat es aus einem bestimmten Grund getan. Und dieser Grund kann nur sein, uns auf eine Spur zu bringen. Aber das ist noch nicht alles. Auf dem Revier hat sie mit großer Bestimmtheit ausgesagt, aber hier, nachdem sich der Champagner ein wenig verflüchtigt hatte, hat sie sich viel zurückhaltender gezeigt, und Lucas hatte den Eindruck, sie hätte am liebsten ihre ganze Aussage zurückgenommen.«

»Jetzt wissen wir aber, dass das alles nicht aus der Luft gegriffen war.«

»Davon bin ich überzeugt.«

»Sie ist nach Hause gegangen, wo sie von jemandem erwartet wurde, der sich in ihrem Kleiderschrank im Schlafzimmer versteckt hatte und sie dann erdrosselt hat. Es war also jemand, der sie sehr gut kannte und auch ihre Wohnung und wahrscheinlich sogar einen Schlüssel besaß.«

»Und die Gräfin?«

»Nichts Neues bisher. Entweder ist sie nicht ermordet worden, oder man hat ihre Leiche noch nicht gefunden, was ebenso möglich ist. Hat sie nie über eine Gräfin gesprochen?«

»Nie.«

Lapointe starrte eine Weile vor sich hin und sagte dann mit veränderter Stimme:

»Glauben Sie, dass sie sehr gelitten hat?«

»Kaum. Der Täter muss kräftig gewesen sein. Sie hat sich nicht einmal gewehrt.«

»Liegt sie immer noch da?«

»Sie ist eben ins Gerichtsmedizinische Institut gebracht worden.«

»Darf ich sie noch einmal ansehen?«

»Erst, wenn du gegessen hast.«

»Und was soll ich dann tun?«

»Du gehst in die Rue Notre-Dame-de-Lorette. Janvier wird dir den Schlüssel geben. Wir haben die Wohnung zwar schon durchsucht, aber du hast sie gekannt, und vielleicht fällt dir irgendetwas auf.«

»Ich danke Ihnen«, sagte er voller Inbrunst, fest davon überzeugt, dass Maigret ihm diesen Auftrag nur gab, um ihm einen Gefallen zu tun.

Absichtlich erwähnte der Kommissar mit keinem Wort die Fotografien, die auf seinem Schreibtisch lagen und deren Ecken unter einer Akte hervorlugten.

Man meldete ihm, dass fünf oder sechs Journalisten im Flur warteten, die hartnäckig nähere Auskünfte von ihm verlangten. Er ließ sie eintreten, erzählte ihnen nur einen Teil der Geschichte, gab aber jedem eins der Fotos, auf denen Arlette in ihrem schwarzen Seidenkleid zu sehen war.

»Schreiben Sie bitte auch«, sagte er, »dass wir einer gewissen Jeanne Leleu – die momentan unter einem anderen Namen leben dürfte – sehr dankbar wären, wenn sie sich bei uns melden würde. Wir sichern ihr absolute Diskretion zu. Es liegt uns fern, ihr irgendwelche Schwierigkeiten zu machen.«

Er aß spät zu Hause zu Mittag und fuhr anschließend wieder an den Quai des Orfèvres, wo er sich in die Akte Alfonsi vertiefte. In dem schmutzigen Nieselregen machte Paris immer noch einen gespenstischen Eindruck, und die Leute schienen durch die

Straßen zu eilen, in der Hoffnung, diesem eigenartigen Aquarium zu entfliehen.

Obwohl die Akte des Wirts vom Picratt's ziemlich umfangreich war, enthielt sie nur wenig Substanzielles. Mit zwanzig Jahren hatte Alfonsi seinen Wehrdienst im Afrika-Bataillon leisten müssen, weil er auf Kosten einer Prostituierten vom Boulevard Sébastopol gelebt hatte und schon zweimal wegen Körperverletzung festgenommen worden war.

Ein paar Jahre später tauchte er in Marseille auf, wo er für mehrere Bordelle im Süden Mädchen anheuerte. Er war damals achtundzwanzig Jahre alt, zwar noch kein Gangsterboss, aber in der Hierarchie schon so weit oben, dass er sich nicht mehr in den Kneipen im Vieux Port zu prügeln brauchte.

Verurteilt wurde er zu dieser Zeit nicht, aber er hatte ziemlichen Ärger wegen eines erst siebzehnjährigen Mädchens, das mit falschen Papieren im Bordell Paradis in Béziers untergebracht worden war.

Dann folgte wieder eine Lücke. Man wusste nur, dass er mit einer Ladung von fünf oder sechs Mädchen an Bord eines italienischen Schiffs nach Panama gefahren war – und sich dort in einschlägigen Kreisen einen Namen gemacht hatte.

Mit vierzig war er nach Paris zurückgekehrt und lebte nun mit Rosalie Dumont zusammen, genannt Rose, deren Reize schnell schwanden und die einen Massagesalon in der Rue Martyrs betrieb. Man sah ihn oft auf der Rennbahn und bei Boxkämpfen, wo er angeblich auch Wetten annahm.

Schließlich heiratete er Rose und eröffnete mit ihr das Picratt's, das ursprünglich nur ein kleines Lokal, hauptsächlich für Stammgäste, war.

Janvier war in der Rue Notre-Dame-de-Lorette, aber nicht in der Wohnung. Er verhörte die Nachbarn, sowohl die Mieter im Haus als auch die Inhaber der umliegenden Läden und alle, die irgendetwas wissen konnten. Lucas musste ganz allein mit dem Einbruch in Javel fertigwerden, was ihn nicht gerade heiter stimmte.

Es war zehn Minuten vor fünf und schon längst dunkel, als das Telefon klingelte und Maigret endlich hörte:

»Hier ist die Einsatzzentrale.«

»Wegen der Gräfin?«, fragte Maigret.

»Ja, eine Gräfin ist es jedenfalls. Aber ich weiß nicht, ob es Ihre ist. Wir haben eben einen Anruf aus der Rue Victor-Massé bekommen. Die Concierge hat vor wenigen Minuten entdeckt, dass eine ihrer Mieterinnen ermordet worden ist, wahrscheinlich schon letzte Nacht.«

»Eine Gräfin?«

»Ja, eine Gräfin Farnheim.«

»Erschossen?«

»Erdrosselt. Mehr wissen wir noch nicht. Die Polizei aus dem Viertel ist bereits am Tatort.«

Wenige Augenblicke später sprang Maigret in ein Taxi, das eine Ewigkeit brauchte, um die Pariser Innenstadt zu durchqueren. In der Rue Notre-Dame-de-Lorette sah er Janvier aus einem Gemüseladen herauskommen, ließ den Wagen halten und rief den Inspektor.

»Steig ein. Die Gräfin ist tot.«

»Eine echte Gräfin?«

»Ich weiß es noch nicht. Es ist ganz in der Nähe. Alles spielt sich hier im Viertel ab.«

Es waren tatsächlich kaum fünfhundert Meter von dem Nachtclub in der Rue Pigalle bis zu Arlettes Wohnung, und ungefähr genauso weit war es vom Club bis zur Rue Victor-Massé.

Während am Morgen vor Arlettes Wohnung keine Menschenseele zu sehen war, drängten sich hier mindestens zwanzig Schaulustige vor einem Polizeibeamten, der den Eingang eines gepflegt und friedlich wirkenden Hauses bewachte.

»Ist der Kommissar schon da?«

»Er war nicht im Büro. Inspektor Lognon ist …«

Armer Lognon, der sich so gern verdient gemacht hätte! Jedes Mal, wenn er sich auf einen Fall stürzte, wollte es das Schicksal, dass Maigret auftauchte und ihn dem Inspektor aus der Hand nahm.

Die Concierge war nicht in ihrer Loge. Das Treppenhaus hatte einen Anstrich, der Marmor vortäuschen sollte, und auf der Treppe lag ein dicker dunkelroter Läufer, der mit Messingstangen befestigt war. Es roch ein wenig muffig im Haus, als wohnten hier nur alte Leute, die niemals lüfteten, und es war seltsam still. Nirgends quietschte eine Tür, als Maigret und Janvier vorbeigingen. Erst im vierten Stock hörten sie Geräusche, und eine Tür öffnete sich. Sie erkannten Lognons griesgrämiges Gesicht mit der langen Nase. Er sprach gerade mit einer sehr kleinen und sehr dicken Frau, die einen straffen Haarknoten auf dem Kopf trug.

Das Zimmer, das sie betraten, war durch eine Stehlampe mit Pergamentschirm nur spärlich beleuchtet. Hier schien es noch muffiger zu sein als im restlichen Haus. Ohne genau sagen zu können, warum, wähnte man sich plötzlich meilenweit entfernt von Paris, fern von der Welt, von der feuchten Luft draußen, von den Leuten auf den Gehsteigen, von den hupenden Taxis und den Bussen, deren Bremsen bei jedem Halten aufkreischten.

Es war derart heiß, dass Maigret sofort seinen Mantel auszog.

»Wo ist sie?«

»In ihrem Zimmer.«

Das Zimmer war eine Art Salon, zumindest das, was man einmal unter einem Salon verstanden hatte, doch man tauchte in ein Universum ein, in dem die Dinge keinen Namen mehr hatten. Eine Wohnung, in der alles für eine Versteigerung vorbereitet ist, mag einen solchen Anblick bieten; alle Möbel waren an einem unerwarteten Platz.

Überall standen Flaschen herum, und Maigret fiel auf, dass es nur Rotweinflaschen waren, Literflaschen mit billigem Rotwein, wie ihn Bauarbeiter trinken, direkt aus der Flasche zu ihrer Wurst. Wurst gab es auch, aber nicht auf einem Teller, sondern auf fettigem Papier, und ebenso Reste eines Hähnchens, dessen Knochen auf dem Teppich verstreut waren.

Der Teppich war abgetreten und unglaublich schmutzig, wie überhaupt alles in diesem Raum. Einem Stuhl fehlte ein Bein, aus einem Sessel quoll Rosshaar, und der Pergamentschirm der Stehlampe war durch langen Gebrauch braun und schief geworden.

In dem Schlafzimmer nebenan lag auf einem nicht bezogenen Bett, das schon seit mehreren Tagen nicht gemacht worden war, eine halbnackte Leiche – genau bis zur Hälfte nackt, denn der Oberkörper war mit einem Jäckchen bekleidet, während von der Taille bis zu den Füßen das aufgedunsene, hässlich weiße Fleisch zu sehen war.

Schon auf den ersten Blick bemerkte Maigret kleine blaue Flecken an den Schenkeln und wusste, dass er irgendwo im Zimmer auch eine Spritze finden würde, und tatsächlich lagen zwei Spritzen, eine davon mit abgebrochener Nadel, auf einem Schemel, der wohl als Nachttisch diente.

Die Tote schien mindestens sechzig zu sein. Genau konnte man es nicht sagen. Niemand hatte sie bisher angerührt. Der Arzt war noch nicht da, aber sie war eindeutig schon seit Längerem tot.

Die Matratze, auf der sie lag, war an einer Seite aufgeschnitten und das Rosshaar teilweise herausgerissen worden.

Auch hier überall Flaschen, Speisereste und außerdem mitten im Zimmer ein Nachttopf, in dem noch Urin war.

»Hat sie allein gelebt?«, fragte Maigret die Concierge.

Die nickte mit verkniffenen Lippen.

»Hat sie viel Besuch gehabt?«

»Wenn sie viel Besuch gehabt hätte, hätte sie diesen Saustall wohl mal sauber gemacht, oder?«

Und als wäre sie selbst bei einem Fehler ertappt worden, setzte sie rasch hinzu:

»Es ist das erste Mal seit drei Jahren, dass ich einen Fuß in diese Wohnung setze.«

»Hat sie Sie nie reingelassen?«

»Ich hatte kein Verlangen danach.«

»Hatte sie kein Dienstmädchen, keine Putzfrau?«

»Niemanden. Nur eine Freundin, genauso verrückt wie sie, die hin und wieder zu ihr kam.«

»Kennen Sie sie?«

»Ich weiß ihren Namen nicht, aber ich sehe sie manchmal im Viertel. Bei ihr steht's noch nicht ganz so schlimm. Zumindest nicht das letzte Mal, als ich sie gesehen habe. Aber das ist schon eine Weile her.«

»Wussten Sie, dass Ihre Mieterin Rauschgift nahm?«

»Ich wusste, dass sie halb verrückt war.«

»Waren Sie hier schon Concierge, als sie die Wohnung gemietet hat?«

»Dann hätte sie sie nicht bekommen! Wir sind erst seit drei Jahren im Haus, mein Mann und ich, und die wohnt schon seit gut acht Jahren hier. Ich habe alles versucht, damit sie auszieht.«

»Ist sie wirklich eine Gräfin?«

»Scheint so. Jedenfalls war sie die Frau eines Grafen, aber davor war sie wohl nicht zu besonders viel nütze.«

»Hatte sie Geld?«

»Das muss man wohl annehmen, an Hunger ist sie jedenfalls nicht gestorben.«

»Haben Sie jemanden zu ihr hinaufgehen sehen?«

»Wann?«

»Letzte Nacht oder heute Morgen.«

»Nein, ihre Freundin ist nicht gekommen und der junge Mann auch nicht.«

»Was für ein junger Mann?«

»Ein höflicher junger Mann mit langen Haaren, der kränklich aussah. Er hat sie öfter besucht und sie Tante genannt.«

»Seinen Namen kennen Sie wohl auch nicht?«

»Ich habe mich nicht um ihre Angelegenheiten gekümmert. Sonst herrscht im ganzen Haus Ruhe. Die Mieter im ersten Stock sind so gut wie nie in Paris, und im zweiten wohnt ein pensionierter General. Sie sehen ja, was das eigentlich für ein Haus ist. Aber diese Frau war so dreckig, dass ich mir die Nase zuhalten musste, wenn ich an ihrer Tür vorbeiging.«

»Hat sie nie einen Arzt kommen lassen?«

»Sie sollten besser sagen, sie hat ihn zweimal die Woche kommen lassen. Wenn sie vom Wein oder was weiß ich einen Rausch hatte, bildete sie sich ein, sie würde sterben, und rief ihren Arzt. Er kannte sie und hat sich immer Zeit gelassen.«

»Ein Arzt aus dem Viertel?«

»Ja, Doktor Bloch, er wohnt drei Häuser weiter.«

»Haben Sie ihn angerufen, als Sie die Leiche entdeckt haben?«

»Nein, warum sollte ich? Ich habe mich gleich an die Polizei gewandt. Der Inspektor ist gekommen, und dann Sie.«

»Versuch mal, Doktor Bloch zu erreichen, Janvier. Bitte ihn, so schnell wie möglich herzukommen.«

Janvier suchte das Telefon, das er schließlich in einem kleinen Raum entdeckte, wo es zwischen alten Zeitschriften und halb zerfetzten Büchern auf dem Fußboden stand.

»Kommt man leicht ins Haus, ohne dass Sie etwas davon merken?«

»Wie in alle Häuser, oder?«, antwortete die Concierge spitz. »Ich mache meine Arbeit so gut wie jede andere, sogar besser als die meisten, und Sie werden im Treppenhaus kein Stäubchen finden.«

»Gibt es nur die eine Treppe?«

»Es gibt noch eine Lieferantentreppe, aber die benutzt fast niemand. In jedem Fall kommt man aber an meiner Loge vorbei.«

»Sind Sie immer dort?«

»Außer wenn ich meine Besorgungen mache. Man muss ja schließlich auch als Concierge was essen.«

»Wann machen Sie Ihre Besorgungen?«

»Morgens um halb neun, gleich nachdem der Briefträger da war und ich die Post hochgebracht habe.«

»Hat die Gräfin viel Post bekommen?«

»Bloß Reklame von Händlern, die ihren Namen im Telefonbuch gefunden haben und sich davon blenden ließen, dass sie eine Gräfin war.«

»Kennen Sie Monsieur Oscar?«

»Was für einen Oscar?«

»Irgendeinen Oscar.«

»Mein Sohn heißt so.«

»Wie alt ist er?«

»Siebzehn. Er ist Tischlerlehrling in einer Werkstatt am Boulevard Barbès.«

»Wohnt er bei Ihnen?«

»Natürlich!«

Janvier, der wieder eingehängt hatte, meldete:

»Der Arzt ist zu Hause. Er hat noch zwei Patienten und kommt dann sofort her.«

Inspektor Lognon vermied es, irgendetwas auch nur mit den Fingerspitzen zu berühren, und tat so, als ob ihn die Antworten der Concierge nicht im Geringsten interessierten.

»Bekam Ihre Mieterin nie Briefe von einer Bank?«

»Nie.«

»Ist sie oft ausgegangen?«

»Manchmal hat sie die Wohnung zehn oder zwölf Tage nicht verlassen, sodass ich schon dachte, sie wäre gestorben, weil man nie einen Laut hörte. Sie lag dann wahrscheinlich in ihrem Dreck und Speck im Bett. Wenn sie sich dann aber anzog, einen Hut aufsetzte und Handschuhe überstreifte, hätte man sie fast für eine Dame halten können, wäre da nicht dieser verwirrte Gesichtsausdruck gewesen.«

»Blieb sie lange fort?«

»Das kam drauf an. Mal bloß ein paar Minuten, mal den ganzen Tag. Sie kam immer mit einem Haufen Pakete wieder. Der Wein wurde ihr kistenweise geliefert. Nur billiger Rotwein übrigens, den sie bei einem Lebensmittelhändler in der Rue Condorcet bestellte.«

»Ging der Bote in die Wohnung?«

»Er stellte die Kiste vor die Tür. Ich habe mich sogar mit ihm gestritten, weil er nicht die Lieferantentreppe benutzen wollte, sie war ihm zu dunkel. Er hätte keine Lust, auf die Schnauze zu fallen, hat er immer gesagt.«

»Woher wussten Sie, dass sie tot war?«

»Ich habe es nicht gewusst.«

»Aber Sie haben doch ihre Tür geöffnet?«

»Ich habe mir die Mühe nicht gemacht und hätte es auch nie getan.«

»Das müssen Sie mir näher erklären.«

»Wir sind hier im vierten Stock. Im fünften wohnt ein gebrechlicher alter Herr, bei dem ich sauber mache und dem ich sein Essen hochbringe. Er hat beim Finanzamt gearbeitet. Schon seit vielen Jahren wohnt er in der Wohnung. Vor sechs Monaten ist seine Frau gestorben. Vielleicht haben Sie davon gelesen: Sie ist beim Überqueren der Place Blanche um zehn Uhr morgens – sie wollte zum Markt in der Rue Lepic – von einem Bus überfahren worden.«

»Wann machen Sie bei ihm sauber?«

»Morgens gegen zehn, und beim Runtergehen fege ich dann die Treppe.«

»Haben Sie heute früh gefegt?«

»Weshalb denn nicht?«

»Und vorher bringen Sie noch die Post hinauf?«

»Nicht in den fünften Stock, der alte Herr bekommt wenig Briefe und hat es nicht eilig, sie zu lesen. Die Leute im dritten Stock arbeiten beide und gehen schon um halb neun aus dem Haus. Sie holen sich die Post in der Loge ab.«

»Auch wenn Sie nicht da sind?«

»Ja, auch wenn ich gerade meine Besorgungen mache. Ich schließe nie ab. Ich kaufe alles hier in der Straße und werfe dabei immer wieder einen Blick auf das Haus. Würde es Ihnen etwas ausmachen, wenn ich das Fenster öffne?«

Allen war heiß. Sie waren wieder in den ersten Raum zurückgegangen, bis auf Janvier, der wie schon am Morgen in der Rue Notre-Dame-de-Lorette die Schubladen und Schränke durchsuchte.

»Sie tragen die Post also nur bis zum zweiten Stock hinauf?«

»Ja.«

»Und um zehn sind Sie dann in den fünften Stock gegangen und an dieser Tür vorbeigekommen.«

»Ich habe gesehen, dass sie angelehnt war. Das hat mich zwar verwundert, aber nicht allzu sehr. Als ich wieder runtergegangen bin, habe ich gar nicht mehr daran gedacht. Ich hatte den alten Herrn versorgt und musste erst um halb fünf wieder hoch, weil ich ihm um diese Zeit das Abendessen bringe. Beim Runtergehen habe ich gesehen, dass die Tür noch immer angelehnt war, und da hab ich automatisch halblaut gerufen: Frau Gräfin!

So wird sie nämlich von allen genannt. Sie hat einen ausländischen Namen, der schwer auszusprechen ist. Es ist viel einfacher, Frau Gräfin zu sagen.

Aber es hat niemand geantwortet.«

»Brannte Licht in der Wohnung?«

»Ja. Ich habe nichts angerührt. Diese Lampe hier brannte.«

»Und die im Schlafzimmer?«

»Auch, sie brennt ja noch. Ich habe nicht am Schalter gedreht. Ich weiß nicht, warum ich gleich eine böse Ahnung hatte. Ich habe den Kopf durch den Türspalt gesteckt und noch einmal gerufen. Und dann bin ich widerwillig hineingegangen. Ich bin nämlich sehr empfindlich, was schlechte Gerüche angeht. Ich habe einen Blick ins Schlafzimmer geworfen und sie gesehen. Ich bin dann gleich runtergelaufen und habe die Polizei angerufen. Weil außer dem alten Herrn niemand im Haus war, habe ich die Concierge von nebenan geholt, mit der ich befreundet bin, um nicht ganz allein zu sein. Verschiedene Leute haben uns gefragt, was passiert sei. Wir standen gerade in einer kleinen Gruppe vor der Haustür, als der Inspektor gekommen ist.«

»Ich danke Ihnen. Wie ist Ihr Name?«

»Madame Aubain.«

»Ich danke Ihnen, Madame Aubain. Sie können jetzt wieder in Ihre Loge gehen. Ich höre Schritte, das ist wohl der Arzt.«

Aber es war noch nicht Doktor Bloch, sondern der Amtsarzt, der schon Arlettes Tod festgestellt hatte. Nachdem er dem Kommissar die Hand gedrückt und Lognon gönnerhaft zugenickt hatte, konnte er beim Betreten des Schlafzimmers den Ausruf nicht unterdrücken:

»Schon wieder!«

Die Würgemale an der Kehle ließen keinen Zweifel darüber, wie die Gräfin ermordet worden war. Ebenso wie die blauen Flecken an den Schenkeln klar erkennen ließen, dass sie rauschgiftabhängig gewesen war. Er roch an einer der Spritzen und zuckte mit den Schultern:

»Eindeutig Morphium!«

»Haben Sie sie gekannt?«

»Nie gesehen. Aber hier im Viertel gibt es einige von der Sorte. Sagen Sie, das sieht doch ganz nach Raubmord aus?«

Er deutete auf die aufgeschlitzte Matratze und das herausgerissene Rosshaar.

»War sie reich?«

»Das wissen wir noch nicht«, antwortete Maigret.

Janvier, der mit der Spitze seines Taschenmessers schon seit einiger Zeit das Schloss einer Kommode zu öffnen versuchte, rief:

»Hier ist eine ganze Schublade voller Papiere.«

Ein junger Mann kam die Treppe heraufgeeilt. Es war Doktor Bloch.

Maigret fiel auf, dass der Amtsarzt sich mit einem knappen Kopfnicken begnügte und es vermied, dem anderen, wie unter Kollegen üblich, die Hand zu geben.

4

Doktor Bloch hatte seltsam matte Haut, stark glänzende Augen und fettiges schwarzes Haar. Er schien sich weder bei den Gaffern auf der Straße aufgehalten noch mit der Concierge gesprochen zu haben. Janvier hatte ihm am Telefon nicht gesagt, dass die Gräfin ermordet worden war, sondern nur, dass sie tot sei und der Kommissar ihn sprechen wolle.

Er war die Treppe hinaufgestürmt und blickte sich nun unruhig um. Hatte er sich vielleicht in seiner Praxis noch rasch eine Spritze gegeben? Es schien ihn nicht zu verwundern, dass ihm sein Kollege nicht die Hand gab, und er ließ es auf sich beruhen. Seine ganze Haltung war die eines Menschen, der auf Unannehmlichkeiten gefasst ist.

Sobald er das Schlafzimmer betreten hatte, wirkte er sichtlich erleichtert. Die Gräfin war erdrosselt worden. Damit hatte er nichts zu tun.

Keine halbe Minute später hatte er sich wieder ganz unter Kontrolle, zeigte sogar einen gewissen zänkischen Dünkel.

»Warum hat man mich geholt und keinen anderen Arzt?«, fragte er, wie um das Terrain zu sondieren.

»Weil die Concierge uns gesagt hat, dass Sie der Hausarzt der Gräfin sind.«

»Ich habe sie nur ein paarmal gesehen.«

»Weswegen hat sie Sie konsultiert?«

Bloch wandte sich seinem Kollegen zu, als wollte er sagen, dass dieser darüber genauso Bescheid wisse wie er selbst.

»Sie werden wohl bereits festgestellt haben, dass sie drogensüchtig war. Wenn sie zu viel genommen hatte, bekam sie Depressionen, wie das häufig vorkommt, und in ihrer Panik ließ sie mich dann kommen. Sie fürchtete sich sehr vor dem Tod.«

»Kennen Sie sie schon lange?«

»Ich habe mich erst vor drei Jahren in diesem Viertel niedergelassen.«

Er war kaum älter als dreißig. Maigret hätte schwören können, dass er Junggeselle war und schon seit der Eröffnung seiner Praxis, ja vielleicht seit seinem Studium selbst morphiumsüchtig war. Nicht zufällig hatte er sich auf dem Montmartre niedergelassen, und man konnte sich leicht vorstellen, in welchen Kreisen er seine Patienten fand.

Er würde es nicht mehr lange machen, das sah man. Auch auf diesen Vogel lauerte schon eine Katze.

»Was wissen Sie von ihr?«

»Ihr Name und ihre Adresse stehen auf meiner Karteikarte, und auch, dass sie seit fünfzehn Jahren morphiumsüchtig ist.«

»Wie alt ist sie?«

»Achtundvierzig oder neunundvierzig.«

Wenn man den ausgezehrten Körper mit dem schütteren, farblosen Haar dort auf dem Bett sah, konnte man das kaum glauben.

»Ist das nicht ungewöhnlich, dass eine Morphiumsüchtige auch noch Alkoholikerin ist?«

»Das kann vorkommen.«

Seine Hände zitterten leicht, wie morgens bei einem Trinker, und ein nervöser Tick ließ die Lippen in einer Gesichtshälfte immer wieder zucken.

»Sie haben vermutlich versucht, sie zu entwöhnen?«

»Anfangs ja. Aber es war ein fast hoffnungsloser Fall. Ich habe nichts erreichen können. Wochenlang hat sie nichts von sich hören lassen.«

»Hat Sie sie nicht kommen lassen, wenn sie nichts mehr hatte?«

Bloch warf seinem Kollegen einen Blick zu. Lügen war zwecklos. Es war der Toten und der ganzen Wohnung deutlich genug anzusehen.

»Es erübrigt sich wohl, Ihnen einen Vortrag zu halten. Wenn ein Süchtiger an einem bestimmten Punkt angelangt ist, hält er es ohne die Droge nicht mehr aus, oder er gefährdet sich ernsthaft. Ich weiß nicht, wo sie sich das Zeug beschafft hat. Ich habe sie nicht danach gefragt. Wenn ich mich recht erinnere, fand ich sie zweimal halluzinierend vor, weil man ihr nicht das gebracht hatte, was sie brauchte. Ich habe ihr dann eine Spritze gegeben.«

»Hat sie Ihnen nie von ihrem Leben, ihrer Familie, ihrer Herkunft erzählt?«

»Ich weiß nur, dass sie tatsächlich mit einem Grafen Farnheim verheiratet war. Er war, glaube ich, Österreicher und deutlich älter als sie. Sie hat mit ihm auf einem großen Anwesen an der Côte d'Azur gelebt, darauf hat sie hin und wieder angespielt.«

»Noch eine Frage, Doktor: Hat sie Sie mit einem Scheck bezahlt?«

»Nein, bar.«

»Und Sie wissen nichts von ihren Freunden, Bekannten oder den Leuten, die ihr das Morphium besorgt haben?«

»Nein, gar nichts.«

Maigret drang nicht weiter in ihn.

»Ich danke Ihnen. Sie können gehen.«

Auch diesmal hatte er keine Lust, auf die Staatsanwaltschaft zu warten, und erst recht nicht, den Journalisten Rede und Antwort zu stehen, die sicher bald auftauchen würden. Es drängte ihn, dieser erstickenden und deprimierenden Atmosphäre zu entkommen.

Er gab Janvier Anweisungen und ließ sich zum Quai des Orfèvres fahren, wo ihn die Mitteilung erwartete, dass Doktor Paul, der Gerichtsmediziner, um Rückruf bat.

»Ich bin gerade dabei, meinen Bericht aufzusetzen, Sie werden ihn morgen früh bekommen«, sagte der Arzt mit dem schönen Bart, den an diesem Abend noch eine weitere Autopsie erwartete. »Ich wollte Ihnen nur zwei Dinge mitteilen, die vielleicht für Ihre Ermittlungen von Bedeutung sind. Erstens ist das Mädchen aller Wahrscheinlichkeit nach nicht vierundzwanzig Jahre alt gewesen wie im Ausweis angegeben. Aus medizinischer Sicht war sie kaum zwanzig.«

»Sind Sie sicher?«

»So gut wie sicher. Zweitens hat sie ein Kind gehabt. Das ist alles, was ich weiß. Der Mord wurde von einem sehr kräftigen Menschen begangen.«

»Könnte der Täter auch eine Frau gewesen sein?«

»Das glaube ich nicht. Es sei denn, sie hätte die Kraft eines Mannes.«

»Haben Sie schon von dem zweiten Verbrechen erfahren? Sie werden sicherlich in die Rue Victor-Massé gerufen werden.«

Doktor Paul murmelte etwas von einem Abendessen in der Stadt, und dann hängten beide ein.

Die Nachmittagszeitungen hatten Arlettes Bild veröffentlicht, und wie gewöhnlich waren daraufhin mehrere Anrufe eingegangen. Zwei oder drei Personen warteten im Vorzimmer. Ein Inspektor befasste sich mit ihnen, und Maigret fuhr zum Essen nach Hause, wo seine Frau, die von dem Mord bereits in der Zeitung gelesen hatte, ihn gar nicht erwartet hatte.

Es regnete noch immer. Seine Kleider waren durchnässt, und er zog sich um.

»Gehst du noch mal weg?«

»Ich werde wohl einen Teil der Nacht unterwegs sein.«

»Hat man die Gräfin ausfindig gemacht?«

In den Zeitungen stand noch nichts von dem Mord in der Rue Victor-Massé.

»Ja. Erdrosselt.«

»Erkälte dich nicht. Im Radio hieß es, dass es frieren wird, und morgen früh soll es Glatteis geben.«

Er trank einen Schnaps und ging dann, um frische Luft zu schnappen, zu Fuß zur Place de la République.

Er hatte den jungen Lapointe mit den Ermittlungen zu Arlette betrauen wollen, aber bei genauerer Überlegung erschien es ihm grausam, ihm gerade diesen Auftrag zu geben, und so übertrug er ihn schließlich Janvier.

Und Janvier hatte sich wohl schon an die Arbeit gemacht. Mit einem Foto der Tänzerin bewaffnet, ging er am Montmartre von Hotel zu Hotel, vor allem in die kleinen Pensionen, die ihre Zimmer in erster Linie stundenweise vermieten.

Fred vom Picratt's hatte angedeutet, dass Arlette, genau wie die anderen Mädchen, bisweilen nach Lokalschluss mit einem Gast wegging. Sie hatte sie aber nie mit in ihre Wohnung genommen, was die Concierge in der Rue Notre-Dame-de-Lorette bestätigt hatte. Vermutlich war sie nie weit gegangen. Falls sie einen festen Liebhaber hatte, traf sie sich mit ihm wahrscheinlich in einem Hotel.

Janvier sollte auch gleich nach einem gewissen Oscar fragen, von dem niemand etwas wusste und dessen Namen das Mädchen auch nur ein Mal genannt hatte. Warum schien sie es anschließend bedauert zu haben und warum war sie später so einsilbig gewesen?

Weil ihm nicht mehr Leute zur Verfügung standen, hatte Maigret Inspektor Lognon in der Rue Victor-Massé gelassen, wo der Erkennungsdienst inzwischen wohl seine Arbeit erledigt hatte und wo die Staatsanwaltschaft vermutlich gewesen war, während Maigret zu Abend gegessen hatte.

Als er am Quai des Orfèvres ankam, war es in den meisten Büros bereits dunkel, und er fand Lapointe in dem großen Zimmer der Inspektoren über die Papiere aus der Schublade der Gräfin gebeugt. Er hatte den Auftrag bekommen, sie zu sichten.

»Hast du was gefunden, mein Junge?«

»Ich bin noch nicht fertig. Es ist alles durcheinander, man findet sich nicht leicht zurecht. Außerdem überprüfe ich alles ganz genau. Ich habe schon mehrere Telefonate geführt. Unter anderem warte ich auf eine Rückmeldung von der Polizei in Nizza.«

Er zeigte Maigret eine Postkarte, auf der ein großes luxuriöses Anwesen hoch über der Baie des Anges zu sehen war. Rings um das Haus, das in hässlichem orientalischen Stil gebaut war – selbst das Minarett fehlte nicht –, standen Palmen, und in der Ecke der Karte war der Name aufgedruckt:

L'Oasis.

»Aus den Papieren geht hervor«, erklärte Lapointe, »dass sie dort vor fünfzehn Jahren mit ihrem Mann gewohnt hat.«

»Da war sie also noch keine fünfunddreißig.«

»Hier ist ein Foto von ihr und dem Grafen aus jener Zeit.«

Es war eine Amateuraufnahme. Die beiden standen vor der Tür der Villa, und die Frau hielt zwei riesige russische Windhunde an der Leine.

Graf Farnheim war ein kleiner, dürrer Mann mit weißem Spitzbart und Monokel, sehr elegant gekleidet. Seine Begleiterin war ein schönes Geschöpf, nach dem sich auf der Straße bestimmt alle Männer umdrehten.

»Weißt du, wo sie geheiratet haben?«

»Auf Capri, drei Jahre bevor dieses Bild aufgenommen wurde.«

»Wie alt war der Graf?«

»Fünfundsechzig, als sie heirateten. Sie waren nur drei Jahre verheiratet. Er hat L'Oasis gleich nach ihrer Rückkehr aus Italien gekauft.«

In dem Durcheinander fand sich alles Mögliche: vergilbte Rechnungen, Pässe mit den zahllosen Visa, Eintrittskarten für das Kasino in Nizza und für das Kasino in Cannes und sogar ein Bündel Briefe, die Lapointe noch nicht durchgesehen hatte. Sie waren in einer spitzen Schrift geschrieben, mit einigen altdeutschen Buchstaben dazwischen, und waren mit Hans unterzeichnet.

»Kennst du ihren Mädchennamen?«

»Madeleine Lalande. Sie ist in La Roche-sur-Yon in der Vendée geboren und war eine Zeit lang Komparsin im Kasino de Paris.«

Lapointe empfand diese Aufgabe offenbar als eine Art Strafe:

»Hat man noch nichts gefunden?«, fragte er nach kurzem Schweigen. Natürlich dachte er dabei an Arlette.

»Janvier kümmert sich darum. Und ich werde das jetzt auch tun.«

»Gehen Sie ins Picratt's?«

Maigret nickte nur. Nebenan fand er den Inspektor, der die Telefonanrufe annahm und die Besucher empfing, die etwas über die Identität der Tänzerin aussagen wollten.

»Noch nichts Konkretes. Ich habe eine alte Frau ins Gerichtsmedizinische Institut gefahren, die sie mit Sicherheit zu erkennen glaubte. Beim Anblick der Leiche schwor sie, es sei ihre Tochter. Aber der

Beamte dort kannte sie und wusste, dass sie verrückt ist. Schon seit zehn Jahren behauptet sie, die Frauenleichen zu erkennen, die dort eingeliefert werden.«

Das Meteorologische Institut schien diesmal recht zu behalten, denn als Maigret wieder draußen auf der Straße stand, war es empfindlich kalt, winterlich kalt, und er schlug den Mantelkragen hoch. Für Montmartre war es zu früh. Es war erst kurz nach elf, und das Nachtleben hatte noch nicht begonnen. Die Menschen saßen um diese Zeit noch dicht gedrängt in den Theatern und Kinos, die Nachtclubs schalteten gerade erst ihre Leuchtschilder ein, und die livrierten Portiers waren noch nicht auf ihrem Posten.

Er ging zunächst in die Bar an der Ecke Rue de Douai, wo er schon hundertmal gewesen war. Der Wirt hatte eben erst zu arbeiten begonnen, denn auch er war ein Nachtmensch. Tagsüber führte seine Frau das Lokal mit ein paar Kellnern, abends löste er sie ab, sodass sie sich immer nur kurz sahen.

»Was darf ich Ihnen bringen, Herr Kommissar?«

Gleich darauf bemerkte Maigret einen Mann, auf den der Wirt ihn mit einem Augenzwinkern aufmerksam gemacht hatte. Das musste Heuschrecke sein. Er war so klein, dass er kaum über die Theke reichte, wo er gerade Pfefferminzlikör mit Wasser trank. Er hatte den Kommissar ebenfalls erkannt, tat aber so, als wäre er ganz in die Rennzeitung vertieft, in der er sich mit Bleistift Notizen machte.

Man hätte ihn für einen Jockey halten können, das passende Gewicht hatte er wohl. Es war beklemmend, das Gesicht zu diesem kindlichen Körper zu sehen, ein faltiges, graues, erloschenes Gesicht, aber mit äußerst wachen Augen, die alles wahrzunehmen schienen, wie die Augen mancher Tiere, die immer auf der Lauer liegen.

Er trug keine Arbeitskleidung, sondern einen Anzug, der an ihm aussah wie der Anzug für eine Erstkommunion.

»Sind Sie gegen vier Uhr früh hier gewesen?«, fragte Maigret den Wirt, nachdem er ein Glas Calvados bestellt hatte.

»Wie immer. Ich habe sie gesehen. Ich weiß Bescheid. Ich habe die Zeitung gelesen.«

Mit Männern wie ihm hatte man es leicht. Einige Musiker tranken einen Café crème, bevor sie an ihre Arbeit gingen. Außerdem waren noch zwei oder drei üble Burschen da, die der Kommissar gut kannte und die sich bemühten, eine Unschuldsmiene aufzusetzen.

»Wie ging es ihr?«

»Wie immer um diese Zeit.«

»Kam sie jede Nacht?«

»Nein, nur hin und wieder, wenn sie das Gefühl hatte, noch nicht genug zu haben. Sie trank ein Glas oder zwei, irgendetwas Scharfes, bevor sie schlafen ging. Sie blieb nie lange da.«

»Letzte Nacht auch nicht?«

»Sie wirkte ziemlich aufgeregt, hat mir aber nichts gesagt. Ich glaube, sie hat mit niemandem gesprochen, nur etwas bestellt.«

»Es war nicht zufällig ein kleiner dicker Mann mittleren Alters mit grauem Haar hier?«

Maigret hatte den Journalisten gegenüber den Namen Oscar absichtlich nicht erwähnt, und deshalb war er in den Zeitungen auch nicht genannt worden. Aber er hatte Fred nach ihm gefragt, und Fred hatte Heuschrecke vielleicht davon erzählt, und der …

»Habe nichts dergleichen hier gesehen«, antwortete der Wirt fast ein wenig zu bestimmt.

»Kennen Sie einen gewissen Oscar?«

»Oscars gibt's hier im Viertel wahrscheinlich jede Menge, aber ich kenne keinen, der zu Ihrer Beschreibung passt.«

Nach nur zwei Schritten stand Maigret neben Heuschrecke.

»Hast du mir nichts zu sagen?«

»Nichts Besonderes, Kommissar.«

»Hast du die ganze Nacht vor dem Picratt's gestanden?«

»Ja, fast die ganze Nacht. Ich bin nur zwei- oder dreimal ein Stück die Rue Pigalle hoch, um unsere Karten zu verteilen. Und hier war ich auch, um für einen Amerikaner Zigaretten zu holen.«

»Einen Oscar kennst du nicht?«

»Nie gehört.«

Er ließ sich weder von der Polizei noch von sonst jemandem beeindrucken. Den Vorstadtakzent und das Straßenjungengehabe hatte er sich sicherlich zugelegt, um die Gäste damit zu amüsieren.

»Arlettes Freund hast du auch nicht gekannt?«

»Sie hatte einen Freund? Das hör ich zum ersten Mal.«

»Hast du nie gesehen, dass sie abgeholt wurde?«

»Ist schon mal vorgekommen, von Gästen.«

»Ist sie mit ihnen mitgegangen?«

»Nicht immer. Manchmal ist sie sie nicht losgeworden und musste erst hierherkommen, um sie abzuschütteln.«

Der Wirt, der ungeniert zuhörte, nickte zustimmend.

»Bist du ihr manchmal tagsüber begegnet?«

»Vormittags schlafe ich, und nachmittags bin ich auf der Rennbahn.«

»Hatte sie Freundinnen?«

»Hm, Betty und Tania. Aber sehr dick war die Freundschaft nicht. Ich glaube, Tania und sie konnten sich nicht besonders leiden.«

»Hat sie dich nie gebeten, ihr Rauschgift zu besorgen?«

»Wofür?«

»Für sich selbst.«

»Sicher nicht. Die hat zwar gern mal einen getrunken, und manchmal auch zwei oder drei, aber ich glaube nicht, dass sie jemals Rauschgift genommen hat.«

»Also weißt du eigentlich gar nichts.«

»Bloß, dass sie das schönste Mädchen war, das ich je gesehen habe.«

Maigret zögerte und musterte den Gnom von Kopf bis Fuß.

»Hast du's mit ihr getrieben?«

»Na ja, warum nicht? Ich hab noch ganz andere gehabt. Und nicht nur so junge Dinger, auch reiche Schnepfen.«

»Das stimmt«, schaltete sich der Wirt ein. »Ich weiß nicht, was sie an ihm finden, aber sie sind immer ganz wild auf ihn. Ich hab selber gesehen, wie sie gegen Ende der Nacht hier eine Stunde und länger auf ihn gewartet haben. Und die waren weder alt noch hässlich.«

Der große Mund des Gnoms verzog sich wie Gummi zu einem geschmeichelten und hämischen Grinsen.

»Das wird wohl seinen Grund haben«, sagte er mit einer obszönen Bewegung.

»Hast du mit Arlette geschlafen?«

»Hab ich Ihnen doch grade gesagt!«

»Oft?«

»Einmal auf jeden Fall.«

»War das ihre Idee?«

»Sie hat gemerkt, dass ich Lust hatte.«

»Und wo war das?«

»Im Picratt's natürlich nicht. Kennen Sie das Moderne in der Rue Blanche?«

Das war ein Stundenhotel, der Polizei gut bekannt.

»Da war's.«

»War sie temperamentvoll?«

»Die war mit allen Wassern gewaschen.«

»Hat's ihr Spaß gemacht?«

Der Gnom zuckte mit den Schultern.

»Selbst wenn die Frauen keinen Spaß haben, tun sie so, und je weniger sie fühlen, desto mehr strengen sie sich an.«

»War sie letzte Nacht betrunken?«

»Sie war wie immer.«

»Und hatte sie was mit ihrem Chef?«

»Mit Fred? Hat er Ihnen das gesagt?«

Er dachte einen Augenblick nach und leerte dann mit ernster Miene sein Glas.

»Das schert mich nicht«, sagte er dann.

»Glaubst du, dass der Chef auch scharf auf sie war?«

»Das waren alle.«

»Du auch?«

»Ich hab Ihnen alles gesagt, was ich zu sagen hatte. Ich kann's Ihnen auch noch schriftlich geben. Gehen Sie ins Picratt's?«

Maigret brach auf, ohne auf Heuschrecke zu warten, der dort bald seinen Posten beziehen musste.

Die rote Neonschrift leuchtete schon. Man hatte Arlettes Fotos noch nicht aus dem Schaukasten genommen. Das Fenster und die Scheiben an der Tür waren durch Vorhänge verhüllt. Es war noch keine Musik zu hören.

Er trat ein und sah als Erstes Fred, der im Smoking hinter der Bar Flaschen ordnete.

»Hab ich mir doch gedacht, dass Sie kommen«, begrüßte er ihn. »Ist es wahr, dass man eine Gräfin erdrosselt aufgefunden hat?«

Es war nicht verwunderlich, dass er davon wusste, der Mord war ja ebenfalls im Viertel geschehen. Vielleicht war sogar schon im Radio darüber berichtet worden.

Zwei Musiker, einer noch sehr jung und mit von Pomade glänzendem Haar und ein etwa Vierzigjähriger, der traurig und krank aussah, saßen auf der Bühne und stimmten ihre Instrumente. Ein Kellner deckte die Tische ein. Von Rose war nichts zu sehen. Sie war entweder in der Küche oder noch gar nicht heruntergekommen.

Die Wände waren rot gestrichen, und die Beleuchtung verströmte ein kräftiges Rosa, was Menschen und Dinge merkwürdig unwirklich erscheinen ließ. Man hatte den Eindruck – zumindest Maigret hatte ihn –, in der Dunkelkammer eines Fotografen zu sein, und brauchte einen Augenblick, um sich daran zu gewöhnen. Die Augen wirkten dunkler und glänzender, während die Umrisse der Lippen vom Licht verschluckt wurden.

»Wenn Sie bleiben müssen, geben Sie Ihren Mantel und Hut meiner Frau. Sie finden sie hinten.«

Er rief: »Rose!«

Im schwarzen Satinkleid mit einer kleinen Spitzenschürze darüber kam sie aus der Küche und nahm Maigret Hut und Mantel ab und trug beides weg.

»Ich nehme an, Sie möchten nicht gleich Platz nehmen?«

»Sind die Mädchen schon da?«

»Sie kommen gleich runter. Sie ziehen sich noch um. Wir haben hier nämlich keine Garderoben, und sie benutzen unser Schlafzimmer und unser Bad. Wissen Sie, ich habe viel über die Fragen nachgedacht, die Sie mir heute früh gestellt haben, und habe mich auch mit Rose darüber unterhalten. Wir sind beide davon überzeugt, dass Arlette nicht durch ein Gespräch irgendwelcher Gäste von der Sache erfahren hat. Komm mal her, Désiré.«

Der Kellner hatte nur noch einen dünnen Haarkranz. Er ähnelte dem Kellner auf den Werbeplakaten für eine große Aperitifmarke. Das schien er zu wissen und kultivierte diese Ähnlichkeit, indem er sich extra Koteletten stehen ließ.

»Du kannst mit dem Kommissar ganz offen sprechen. Hast du letzte Nacht Gäste an Tisch vier bedient?«

»Nein, Monsieur.«

»Hast du zwei Männer zusammen gesehen, die eine Weile geblieben sind und von denen einer klein und mittleren Alters war?«

Nach einem Blick auf Maigret setzte Fred hinzu:

»Einer, der so ähnlich aussieht wie ich?«

»Nein, Monsieur Fred.«

»Mit wem hat Arlette gesprochen?«

»Sie saß ziemlich lange bei ihrem jungen Mann. Dann hat sie am Tisch der Amerikaner ein paar Gläser getrunken, und zum Schluss hat sie sich mit Betty an einen Tisch gesetzt und auf eigene Rechnung für sie beide Cognac bestellt. Sie können das nachprüfen. Sie hat zwei Gläser getrunken.«

Aus der Küche kam jetzt eine braunhaarige Frau, die einen flüchtigen Blick in den leeren Saal warf, in dem Maigret der Einzige war, der nicht zum Haus gehörte, dann ging sie zur Bühne, setzte sich ans Klavier und sprach leise mit den beiden Musikern. Alle drei blickten daraufhin zum Kommissar. Dann gab sie den beiden Männern den Ton an; der Jüngere spielte ein paar Takte auf dem Saxophon, der andere setzte sich ans Schlagzeug, und kurz darauf erklang eine Jazzmelodie.

»Die Leute draußen müssen Musik hören«, erklärte Fred. »Wahrscheinlich kommt der erste Gast erst in einer halben Stunde, aber es darf hier nicht still sein, und unsere Leute dürfen nicht starr wie Wachsfiguren herumstehen. Was kann ich Ihnen anbieten? Wenn Sie Platz nehmen, bringe ich Ihnen sehr gern eine Flasche Champagner.«

»Cognac wär mir lieber.«

»Ich gieße Ihnen Cognac ein und stelle den Champagner daneben. Vor allem zu Beginn der Nacht servieren wir grundsätzlich Champagner, verstehen Sie?«

Er ging vollkommen in seinem Beruf auf, als wäre das sein Lebenstraum. Er hatte alles im Blick.

Seine Frau hatte sich inzwischen schon hinten im Saal, hinter den Musikern, auf einen Stuhl gesetzt. Auch sie schien ihre Rolle zu mögen. Vermutlich hatten die beiden lange davon geträumt, sich selbstständig zu machen, und noch immer war es eine Art Spiel für sie.

»Wissen Sie, Sie sollten Tisch sechs nehmen, dort, wo Arlette und ihr Verehrer letzte Nacht gesessen haben. Wenn Sie Tania sprechen wollen, warten Sie, bis ein Java gespielt wird. Dann nimmt nämlich Jean-Jean sein Akkordeon, und sie kann das Klavier verlassen. Früher hatten wir eine Pianistin. Aber als wir dann Tania engagierten und ich hörte, dass sie Klavier spielt, hab ich mir gedacht, wir könnten uns das Geld sparen, wenn sie die Musiker begleitet.

Ach, da kommt Betty. Soll ich sie Ihnen vorstellen?«

Maigret hatte wie ein Gast in der Nische Platz genommen, und Fred führte eine junge Frau mit rötlichem Haar, die ein bläulich glitzerndes Paillettenkleid trug, zu ihm.

»Das ist Kommissar Maigret, der sich mit dem Mord an Arlette beschäftigt. Du brauchst keine Angst zu haben. Er ist in Ordnung.«

Wenn sie nicht so muskulös und knochig wie ein Mann gewesen wäre, hätte man sie fast hübsch nennen können. Im ersten Augenblick wirkte sie wie ein junger Transvestit, was einen seltsam peinlich berührte. Selbst ihre Stimme war tief und ein wenig rau.

»Soll ich mich zu Ihnen setzen?«

»Ich bitte darum. Möchten Sie etwas trinken?«

»Nein, im Augenblick lieber nicht. Désiré wird mir ein Glas hinstellen, das genügt.«

Sie wirkte müde und bedrückt. Man konnte sich nur schwer vorstellen, dass sie hier die Männer erregen sollte, und sie selbst schien sich auch keine Illusionen zu machen.

»Sind Sie Belgierin?«, fragte er sie wegen ihres Akzents.

»Ich bin aus Anderlecht bei Brüssel. Bevor ich herkam, war ich bei einer Akrobatentruppe. Ich habe ganz jung angefangen. Mein Vater war beim Zirkus.«

»Wie alt sind Sie?«

»Achtundzwanzig. Ich bin nicht mehr gelenkig genug, deshalb habe ich mich aufs Tanzen verlegt.«

»Verheiratet?«

»Ich war mit einem Jongleur verheiratet, aber er hat mich sitzen lassen.«

»Hat Arlette letzte Nacht mit Ihnen zusammen das Lokal verlassen?«

»Wie jede Nacht. Tania wohnt bei der Gare Saint-Lazare und geht die Rue Pigalle runter. Sie ist immer vor uns fertig. Ich wohne nur ein paar Schritte von hier. Arlette und ich haben uns wie immer an der Ecke Rue Notre-Dame-de-Lorette getrennt.«

»Ist sie nicht direkt nach Hause gegangen?«

»Nein, das kam öfter vor. Sie tat so, als würde sie nach rechts gehen, aber sobald ich außer Sichtweite war, hörte ich sie die Straße hochgehen, um noch etwas in der Bar an der Rue de Douai zu trinken.«

»Warum tat sie das heimlich?«

»Leute, die trinken, haben's für gewöhnlich nicht gern, dass man sieht, wie sie einem letzten Glas hinterherlaufen.«

»Hat sie viel getrunken?«

»Bevor wir gingen, hat sie zwei Cognac mit mir getrunken und vorher schon reichlich Champagner. Ich bin mir sicher, dass sie auch schon getrunken hatte, bevor sie herkam.«

»Hatte sie Kummer?«

»Wenn sie welchen hatte, hat sie mir nichts davon gesagt. Ich glaube eher, das alles hier ekelte sie an.«

Betty ekelte es vielleicht auch ein wenig an, denn sie sagte das mit trüber Miene und monotoner Stimme.

»Was wissen Sie von ihr?«

Zwei Gäste kamen herein, ein Mann und eine Frau, die Désiré an einen Tisch zu lotsen versuchte. Angesichts des leeren Saals zögerten sie und blickten sich fragend an. Schließlich sagte der Mann leicht verlegen:

»Wir kommen später wieder.«

»Leute, die sich in der Adresse geirrt haben«, bemerkte Betty seelenruhig. »Wir sind wohl nicht ganz ihr Fall.«

Sie rang sich ein Lächeln ab.

»Der Betrieb fängt erst in einer guten halben Stunde an. Manchmal beginnen wir mit unserem Programm vor nur drei Zuschauern.«

»Warum hatte Arlette diesen Beruf gewählt?«

Sie sah ihn lange an und murmelte dann:

»Ich habe sie das oft gefragt. Ich weiß es nicht. Vielleicht gefiel es ihr doch.«

Sie blickte zu den Fotos an den Wänden.

»Wissen Sie, woraus ihre Nummer bestand? Es wird sich nicht so leicht jemand finden, der das so kann wie sie. Es sieht so einfach aus. Wir haben es alle probiert, aber ich kann Ihnen sagen, das ist verdammt schwer. Wenn man es nämlich nicht richtig macht, wirkt es sofort ordinär. Es muss wirklich der Eindruck entstehen, dass es einem Spaß macht.«

»Und Arlette konnte das?«

»Ich habe mich manchmal gefragt, ob sie's nicht

tatsächlich deswegen gemacht hat. Ich meine, nicht der Männer wegen. Das wohl kaum. Aber sie wollte sie erregen und in Atem halten. Wenn sie fertig war und in die Küche kam – das ist nämlich unsere Kulisse, dort müssen wir durch, wenn wir nach oben gehen, um uns umzuziehen –, also, wenn sie fertig war, öffnete sie die Tür einen Spaltbreit, um zu sehen, welche Wirkung sie gehabt hatte, so wie Schauspieler, die durch das Loch im Vorhang gucken.«

»War sie in jemanden verliebt?«

Sie schwieg eine Weile.

»Vielleicht«, sagte sie schließlich. »Gestern Morgen noch hätte ich gesagt, nein. Aber heute Nacht, als ihr junger Mann gegangen war, wirkte sie sehr nervös. Sie meinte, sie sei ziemlich dumm gewesen. Ich habe sie gefragt, warum, und sie hat mir geantwortet, es läge nur an ihr, das zu ändern.

›Was?‹, habe ich gefragt.

›Alles. Ich hab's satt.‹

›Willst du hier weg?‹

Weil Fred uns hätte hören können, unterhielten wir uns ganz leise.

›Es gibt noch was anderes als diesen Laden.‹

Sie hatte getrunken, gewiss, aber ich bin sicher, dass sie nicht nur so vor sich hin redete.

›Will er dich aushalten?‹

Sie hat nur mit den Schultern gezuckt.

›Du würdest das doch nicht verstehen.‹

Wir haben uns fast gestritten, und ich habe ihr gesagt, ich sei nicht so dumm, wie sie glaube, ich hätte das auch durchgemacht.«

Jetzt kamen die »richtigen« Gäste, die Heuschrecke triumphierend hereinführte. Es waren drei Männer und eine Frau. Die Männer waren allem Anschein nach Ausländer, Leute, die gewiss wegen eines Geschäftes oder eines Kongresses nach Paris gekommen waren, denn sie trugen alle eine wichtige Miene zur Schau. Die Frau hatten sie wohl irgendwo, vielleicht auf einer Caféterrasse, aufgelesen, sie machte einen leicht verlegenen Eindruck.

Mit einem Augenzwinkern in Maigrets Richtung führte Fred sie an Tisch vier und reichte ihnen eine riesige Karte, auf der alle möglichen Champagnersorten aufgelistet waren. Er hatte bestimmt nicht einmal ein Viertel davon im Keller und empfahl ihnen eine völlig unbekannte Marke, an der er sicherlich einen Gewinn von dreihundert Prozent machte.

»Ich muss mich jetzt für meine Nummer fertig machen. Erwarten Sie nur nichts Großartiges, aber für die da ist es immer noch gut genug. Die wollen ja doch nichts weiter als nackte Schenkel sehen.«

Die Musiker spielten einen Java, und Maigret machte Tania ein Zeichen, die bereits von der Bühne gestiegen war. Fred nickte ihr seinerseits auffordernd zu.

»Sie wollen mich sprechen?«

Trotz ihres Namens hatte sie nicht den geringsten russischen Akzent, und Maigret merkte gleich, dass sie in der Nähe der Rue Mouffetard geboren war.

»Setzen Sie sich bitte und erzählen Sie mir, was Sie von Arlette wissen.«

»Wir waren nicht befreundet.«

»Warum nicht?«

»Weil mir ihr ganzes Benehmen unsympathisch war.«

Das klang wie ein Peitschenhieb. Dieses Mädchen war durchaus von sich selbst überzeugt, und Maigret beeindruckte sie kaum.

»Haben Sie sich gestritten?«

»Nicht einmal das.«

»Haben Sie gar nicht miteinander gesprochen?«

»So wenig wie möglich. Sie war eifersüchtig.«

»Auf was?«

»Auf mich. Sie konnte sich nicht vorstellen, dass auch eine andere interessant sein kann. Es gab immer nur sie. Das mag ich nicht. Sie konnte noch nicht einmal tanzen, hatte nie Unterricht genommen. Alles, was sie konnte, war, sich auszuziehen, und hätte sie nicht alles gezeigt, hätte es ihre Nummer überhaupt nicht gegeben.«

»Sind Sie Tänzerin?«

»Ich habe schon mit zwölf Jahren Unterricht in klassischem Ballett gehabt.«

»Und das zeigen Sie hier?«

»Nein. Hier zeige ich russische Tänze.«

»Hatte Arlette einen Geliebten?«

»Sicherlich. Aber sie hatte wohl keinen Grund, auf ihn stolz zu sein. Deswegen hat sie nie von ihm gesprochen. Ich weiß nur, dass er alt war.«

»Woher wissen Sie das?«

»Wir ziehen uns da oben alle zusammen um. Mehrmals habe ich blaue Flecke an ihrem Körper gesehen. Sie versuchte sie zwar unter einer Schicht Make-up zu verdecken, aber ich habe gute Augen.«

»Haben Sie sie darauf angesprochen?«

»Einmal. Sie hat gesagt, sie sei die Treppe runtergefallen. Aber man fällt ja nicht jede Woche die Treppe runter. Die blauen Flecken waren an solchen Stellen, dass ich gleich wusste, was das zu bedeuten hatte. Nur alte Lüstlinge haben dieses Laster.«

»Wann haben Sie das zum ersten Mal bemerkt?«

»Vor gut einem halben Jahr, kurz nachdem ich hier zum ersten Mal aufgetreten bin.«

»Und das blieb so?«

»Ich habe nicht jeden Abend darauf geachtet, aber die blauen Flecken habe ich oft genug gesehen. Haben Sie sonst noch Fragen? Ich muss zurück ans Klavier.«

Kaum hatte sie sich dort wieder niedergelassen, ging das Licht aus und ein Scheinwerfer erleuchtete die Tanzfläche, auf die jetzt Betty Bruce sprang.

Maigret hörte hinter sich Stimmen, die Stimmen

von Männern, die versuchten, auf Französisch nachzusprechen, was eine Frau ihnen vorsagte:

»Voulez-vous coucher avec moi?«

Sie lachten und probierten es einer nach dem anderen:

»Wo-le wo …«

Ohne ein Wort zu sagen, setzte sich Fred, dessen Hemdbrust im Dunkeln leuchtete, dem Kommissar gegenüber. Mehr oder weniger im Takt hob Betty ein Bein kerzengerade hoch, hüpfte dann auf dem anderen, das Trikot gespannt, lächelte verkrampft und ließ sich in einen Spagat fallen.

5

Als seine Frau ihn mit einer Tasse Kaffee weckte, merkte Maigret gleich, dass er nicht genug geschlafen und Kopfschmerzen hatte. Dann schlug er die Augen auf und wunderte sich, warum Madame Maigret eine so heitere Miene hatte, wie jemand, der eine freudige Überraschung vorbereitet hatte.

»Sieh mal!«, sagte sie, als er die Tasse mit noch schwachem Griff in der Hand hielt. Sie zog an der Gardinenschnur, und er sah, dass es schneite.

»Freust du dich nicht?«

Gewiss freute er sich. Aber der pelzige Geschmack in seinem Mund sagte ihm, dass er deutlich mehr getrunken haben musste, als ihm bewusst gewesen war. Wahrscheinlich, weil Désiré, der Kellner, die Champagnerflasche entkorkt hatte, die eigentlich nur zum Schein dort stand, und Maigret sich zwischen zwei Gläsern Cognac automatisch daraus eingeschenkt hatte.

»Ich weiß nicht, ob er liegen bleibt, aber es ist doch viel hübscher als der ewige Regen.«

Im Grunde war es Maigret gleichgültig, ob das hübsch war oder nicht. Er mochte jedes Wetter, vor allem die extremen Witterungen, über die am nächsten Tag in den Zeitungen berichtet wurde – sintflutartiger Regen, heftige Stürme, Eiseskälte und glühende Hitze. Auch der Schnee gefiel ihm, weil er ihn an seine Kindheit erinnerte, aber er fragte sich, wie seine Frau ihn hier in Paris hübsch finden konnte, zumal an diesem Morgen. Der Himmel schien noch tiefer zu hängen als am Tag zuvor, und das Weiß der Flocken ließ das Schwarz der glänzenden Dächer nur noch dunkler erscheinen, betonte noch die trüben und schmutzigen Farben der Häuser, die mangelnde Sauberkeit der Gardinen hinter den meisten Fenstern.

Beim Frühstück und später beim Anziehen versuchte er mühsam etwas Ordnung in seine verwirrten Erinnerungen an den Vorabend zu bringen. Er hatte nur wenig geschlafen. Er hatte das Picratt's erst bei Lokalschluss um halb fünf verlassen und es dann für notwendig gehalten, Arlettes Beispiel zu folgen und noch ein letztes Glas in der Bar in der Rue de Douai zu trinken.

Es wäre ihm schwergefallen, in knappen Worten zusammenzufassen, was er erfahren hatte. Meistens hatte er allein in seiner Nische gesessen, in kurzen Zügen seine Pfeife geraucht und die Tanzfläche oder die Gäste betrachtet, in dieser seltsamen Beleuchtung, die das wirkliche Leben in weite Ferne rückte.

Im Grunde hätte er viel früher gehen können. Er blieb aus Trägheit, und auch, weil ihn irgendetwas an der Atmosphäre dort festhielt, weil es ihm Spaß machte, die Gäste und das Tun und Treiben des Wirts, seiner Frau Rose und der Mädchen zu beobachten.

Es war eine kleine Welt für sich, die vom Leben der übrigen Welt nichts zu wissen schien. Sie alle, Désiré, die beiden Musiker und die anderen, gingen erst schlafen, wenn in den Häusern die Wecker klingelten, und verbrachten den größten Teil des Tages im Bett. Auch Arlette hatte so gelebt. Erst im roten Licht des Picratt's war sie wirklich erwacht und hatte fast nur Männer getroffen, die zu viel getrunken hatten und von Heusschrecke am Ausgang anderer Lokale abgefangen worden waren.

Maigret hatte Bettys Auftritt beobachtet. Sie wusste, dass er ihr zusah, und schien sich deshalb besonders ins Zeug zu legen, wobei sie ihm immer wieder vertraulich zuzwinkerte.

Als sie gegen drei Uhr mit ihrer Nummer fertig und nach oben gegangen war, um sich umzuziehen, waren zwei Gäste gekommen. Sie waren ziemlich angetrunken, und da es im Lokal gerade eher ruhig zuging, war Fred Richtung Küche gegangen. Sicherlich war er hochgegangen, um Betty zu sagen, sie solle gleich wieder herunterkommen.

Sie hatte ihren Tanz wiederholt, aber diesmal nur

für die beiden Männer, hatte ihnen ihre Beine unter die Nase gehalten und zum Schluss den einen auf die Glatze geküsst. Bevor sie sich umzog, hatte sie sich dem anderen auf den Schoß gesetzt und einen Schluck Champagner aus seinem Glas getrunken.

Hatte Arlette es genauso gemacht? Nein, so plump wohl eher nicht.

Sie sprachen ein wenig Französisch, nur sehr wenig, und sie musste mehrfach wiederholen:

»Fünf Minuten … fünf Minuten … komme wieder …«

Sie hielt fünf Finger hoch, kehrte dann auch wirklich kurz darauf in ihrem Paillettenkleid zurück und bestellte bei Désiré eine zweite Flasche für die beiden.

Tania kümmerte sich währenddessen um einen einzelnen Gast, der vom Wein melancholisch geworden war und ihr, die Hand auf ihrem nackten Knie, Vertraulichkeiten aus seinem Eheleben zu erzählen schien.

Die Hände der beiden Holländer wanderten herum, aber immer auf Bettys Körper. Sie lachten laut, wurden immer röter, eine Flasche folgte der nächsten, und kaum war eine leer, landete sie unter dem Tisch. Schließlich merkte Maigret, dass einige Flaschen von vornherein nur halb voll waren. Das war der Trick. Fred gab es mit einem Blinzeln zu.

Einmal war Maigret zur Toilette gegangen. Im

Vorraum lagen Kämme, Bürsten, Puderdosen und Schminke auf einem Tischchen. Rose war ihm gefolgt.

»Mir ist noch etwas eingefallen, was für Sie vielleicht von Nutzen sein kann«, sagte sie, »und zwar als ich Sie hier reingehen sah. Wenn sich die Mädchen hier zurechtmachen, ziehen sie mich nämlich manchmal ins Vertrauen. Arlette war nie besonders gesprächig, aber sie hat mir doch manches erzählt, und anderes habe ich erraten.«

Sie reichte ihm Seife und ein sauberes Handtuch.

»Sie stammte bestimmt aus anderen Kreisen als wir. Sie hat mir nie etwas von ihrer Familie erzählt, ich glaube, sie hat mit niemandem darüber gesprochen, aber sie hat ein paarmal ein Kloster erwähnt, in dem sie erzogen wurde.«

»Erinnern Sie sich noch an ihre Worte?«

»Wenn man sich mit ihr über eine hartherzige, boshafte Frau unterhielt, besonders über Frauen, die freundlich erscheinen und ihre Schläge hinterrücks austeilen, dann murmelte sie – und man merkte ihr deutlich an, dass ihr da etwas schwer auf dem Herzen lag:

›Genau wie Mère Eudice.‹

Ich habe sie gefragt, wer das sei, und sie hat mir geantwortet, der Mensch, den sie auf der Welt am meisten hasse und der ihr das Schlimmste zugefügt habe. Es war die Oberin des Klosters, und sie konnte

Arlette nicht ausstehen. Ich erinnere mich noch an eine andere Bemerkung.

›Ich hätte sündigen wollen, nur um sie wütend zu machen.‹«

»Hat sie nie den Namen des Klosters genannt?«

»Nein, aber es war nicht weit vom Meer entfernt, denn sie hat mehrfach vom Meer gesprochen wie jemand, der dort seine Kindheit verbracht hat.«

Es war eine komische Szene. Während dieses Gesprächs behandelte Rose ihn wie einen Gast und bürstete ihm ganz automatisch Rücken und Schultern ab.

»Ich glaube auch, sie hat ihre Mutter gehasst. Das ist nur eine Vermutung, aber eine Frau spürt so etwas. Eines Abends hatten wir hier sehr feine Gäste, darunter auch die Frau eines Ministers, die wirklich wie eine richtige Dame wirkte. Sie machte einen traurigen und bekümmerten Eindruck, achtete gar nicht auf die Auftritte, nippte nur an ihrem Glas und hörte kaum auf das, was ihre Begleiter erzählten.

Da ich ihre Geschichte kannte, sagte ich zu Arlette, die hier gerade ihr Make-up auffrischte:

›Die arme Frau, ein Unglück folgte auf das nächste.‹

Aber darauf hat sie mir nur verächtlich geantwortet:

›Ich traue solchen Menschen nicht, vor allem den Frauen nicht. Sie benutzen das Unglück nur, um andere zugrunde zu richten.‹

Das ist nur eine Vermutung, doch ich bin fest davon überzeugt, dass sie damit ihre Mutter meinte. Von ihrem Vater hat sie nie gesprochen. Wenn nur das Wort Vater fiel, blickte sie weg.

Das ist alles, was ich weiß. Ich habe immer angenommen, dass sie aus gutem Hause ist, dass sie sich gegen ihre Eltern aufgelehnt hat. Das sind die Schlimmsten, wenn sie hier landen, und das erklärt auch manches Rätsel.«

»Meinen Sie damit ihren Drang, die Männer scharfzumachen?«

»Ja, und ihre ganze Art dabei. Ich bin kein Unschuldslamm. Ich war früher auch so eine, das wissen Sie vermutlich. Aber so wie sie war ich nicht. Darum ist sie auch unersetzlich. Die Mädchen aus dem Milieu gehen nie so leidenschaftlich ran. Sehen Sie sich die anderen an. Selbst wenn sie ganz hemmungslos sind, merkt man, dass ihr Herz nicht dabei ist …«

Hin und wieder setzte sich Fred einen Augenblick an Maigrets Tisch, um ein paar Worte mit ihm zu wechseln. Jedes Mal brachte Désiré dann zwei Cognac mit Wasser, aber dem Kommissar war nicht verborgen geblieben, dass der im Glas des Wirts viel heller war. Er trank und dachte an Arlette und Lapointe, der am Abend mit ihr in derselben Nische gesessen hatte.

Inspektor Lognon befasste sich mit der Gräfin, für die Maigret sich kaum interessierte. Zu viele dieser

Art waren ihm begegnet, Frauen, deren Zeit vorbei war, die fast immer allein lebten, fast immer reich waren, dank einer glänzenden Vergangenheit, und nun dem Morphium verfallen waren und immer tiefer sanken. Davon gab es wohl an die zweihundert auf dem Montmartre und noch ein paar Dutzend auf höherem Niveau, in den eleganten Wohnungen von Passy und Auteuil.

Arlette war es, die ihn interessierte, weil er sie nicht richtig einordnen oder verstehen konnte.

»War sie sehr leidenschaftlich?«, fragte er Fred einmal.

Der Wirt zuckte nur mit den Schultern.

»Wissen Sie, ich mache mir nicht viel Gedanken über die Mädchen. Meine Frau hat Ihnen das schon gesagt, und es stimmt. Ich gehe zu ihnen in die Küche oder nach oben, wenn sie sich umziehen. Ich frage sie nicht, was sie sich dabei denken, und es tut auch nichts zur Sache.«

»Sie haben sie nie draußen getroffen?«

»Auf der Straße?«

»Nein, ich meine, haben Sie sich niemals mit ihr verabredet?«

Maigret hatte den Eindruck, dass Fred zögerte, und er sah, dass er nach hinten blickte, wo seine Frau saß.

»Nein«, sagte er schließlich.

Er log. Das war das Erste, was Maigret bewusst

wurde, als er verspätet – er versäumte den Rapport – am Quai des Orfèvres eintraf. Im Inspektorenbüro ging es lebhaft zu. Zunächst rief er den Chef an, um sich zu entschuldigen und ihm zu sagen, dass er vorbeikommen werde, sobald ihm seine Männer berichtet hatten.

Als er klingelte, erschienen Janvier und der junge Lapointe gleichzeitig in der Tür.

»Erst Janvier«, sagte er. »Ich rufe dich gleich, Lapointe.«

Janvier wirkte ebenso mitgenommen wie Maigret selbst, bestimmt war er bis spät in die Nacht unterwegs gewesen.

»Ich dachte, du würdest im Picratt's vorbeikommen.«

»Das hatte ich auch vor. Aber je länger ich unterwegs war, umso mehr Arbeit hatte ich. Sodass ich gar nicht zum Schlafen gekommen bin.«

»Hast du Oscar gefunden?«

Janvier zog ein mit Notizen vollgeschriebenes Blatt aus der Tasche.

»Ich weiß nicht. Ich glaube nicht. Ich war in fast allen Hotels zwischen der Rue Châteaudun und den Boulevards von Montmartre. In jedem hab ich das Foto des Mädchens gezeigt. Einige Besitzer taten so, als ob sie sie nicht kennen, oder gaben ausweichende Antworten.«

»Das bedeutet?«

»In mindestens zehn dieser Hotels war sie bekannt.«

»Hast du in Erfahrung bringen können, ob sie oft mit demselben Mann erschienen ist?«

»Genau das habe ich immer wieder gefragt. Aber es scheint nicht der Fall gewesen zu sein. Meistens kam sie gegen fünf Uhr morgens. Die Männer waren angetrunken, vermutlich Gäste aus dem Picratt's.«

»Blieb sie lange mit ihnen dort?«

»Nie länger als ein oder zwei Stunden.«

»Hast du herausbekommen, ob sie sich dafür bezahlen ließ?«

»Bei der Frage haben mich die Wirte immer angesehen, als käme ich vom Mond. Im Hôtel Moderne ist sie zweimal mit einem jungen Mann gewesen, der einen Saxophonkasten unter dem Arm trug.«

»Jean-Jean, der Musiker aus dem Nachtclub.«

»Möglich. Das letzte Mal war sie mit ihm vor vierzehn Tagen dort. Kennen Sie das Hôtel du Berry in der Rue Blanche? Es ist nicht weit vom Picratt's und der Rue Notre-Dame-de-Lorette entfernt. Dort ist sie oft gewesen. Die Wirtin ist sehr redselig, weil sie Scherereien mit uns gehabt hat, wegen minderjähriger Mädchen, und sich jetzt mit uns gut stellen will. Arlette war vor wenigen Wochen nachmittags mit einem kleinen, breitschultrigen Mann mit grauen Schläfen dort.«

»Kannte die Frau ihn nicht?«

»Sie glaubt, sie kennt ihn vom Sehen, weiß aber nicht, wer er ist. Sie behauptet, er sei auf jeden Fall aus dem Viertel. Sie sind bis neun Uhr abends auf dem Zimmer geblieben. Das ist der Frau aufgefallen, weil Arlette fast nie tagsüber oder am Abend kam, und vor allem, weil sie sonst immer sehr schnell wieder ging.«

»Besorg dir ein Foto von Fred Alfonsi und zeig es ihr.«

Janvier, der den Wirt vom Picratt's nicht kannte, runzelte die Stirn.

»Wenn er das ist, dann hat ihn Arlette auch anderswo getroffen. Moment, ich sehe eben auf meiner Liste nach. Im Hôtel Lepic in der Rue Lepic. Dort hat mich ein Mann empfangen, ein Einbeiniger, der die ganze Nacht Romane liest, und behauptet, dass er nicht schlafen kann, weil ihn sein Bein so schmerzt. Er hat sie erkannt. Sie war mehrmals dort, vor allem, wie er mir gesagt hat, mit einem Mann, den er oft auf dem Markt an der Rue Lepic gesehen hat, dessen Namen er aber nicht kennt. Ein untersetzter Mann, der seine Einkäufe für gewöhnlich erst gegen Mittag in der Nachbarschaft macht und sich dafür nicht mal einen Kragen ans Hemd knöpft. Könnte der das nicht sein?«

»Durchaus möglich. Du musst mit einem Bild von Alfonsi die ganzen Hotels noch einmal abklappern. In seiner Akte ist zwar eins, aber das ist zu alt.«

»Kann ich ihn selbst um eins bitten?«

»Frag ihn einfach nach seinem Personalausweis, unter dem Vorwand, er müsse überprüft werden, und lass dann das Passfoto kopieren.«

Der Bürodiener kam herein und meldete, dass eine Dame Maigret sprechen wolle.

»Lass sie einen Augenblick warten. Ich komme gleich.«

»Marcoussis sichtet gerade die Post«, fuhr Janvier fort. »Es scheinen einige Briefe zu Arlettes Identität dabei zu sein. Heute Morgen hat er schon etwa zwanzig Anrufe bekommen. Alles wird überprüft, aber ich glaube nicht, dass nützliche Hinweise dabei sind.«

»Hast du alle nach Oscar gefragt?«

»Ja. Aber niemand ist darauf angesprungen, oder man hat von Oscars aus dem Viertel erzählt, die überhaupt nicht auf unsere Beschreibung passen.«

»Lapointe soll reinkommen.«

Lapointe wirkte beunruhigt. Er wusste, dass die beiden über Arlette gesprochen hatten, und fragte sich, warum man ihn nicht wie üblich dazugeholt hatte.

Mit einem Blick, der fast wie eine flehende Frage wirkte, sah er den Kommissar an.

»Setz dich, mein Junge. Wenn es Neuigkeiten gäbe, würde ich's dir sagen, aber wir sind kaum weiter als gestern.«

»Sind Sie die ganze Nacht dort gewesen?«

»Ja, auf dem Platz, an dem du in der Nacht davor gesessen hattest. Hat sie dir eigentlich nie von ihrer Familie erzählt?«

»Ich weiß nur, dass sie von zu Hause ausgerissen ist.«

»Hat sie dir nicht gesagt, warum?«

»Sie hat gesagt, sie hasse alle Heuchelei und habe während ihrer gesamten Kindheit das Gefühl gehabt, ersticken zu müssen.«

»Sag mal: War sie nett zu dir?«

»Was verstehen Sie darunter?«

»Hat sie dich wie einen Freund behandelt? Hat sie's immer ehrlich mit dir gemeint?«

»Manchmal nicht, glaube ich. Das ist schwer zu erklären.«

»Hast du ihr gleich den Hof gemacht?«

»Ich habe ihr meine Liebe gestanden.«

»Schon am ersten Abend?«

»Nein, am ersten Abend war ich ja mit meinem Freund dort und habe kaum den Mund aufgemacht. Ich hab's ihr erst gesagt, als ich allein wiederkam.«

»Was hat sie geantwortet?«

»Sie hat so getan, als wäre ich noch ein kleiner Junge, und ich habe ihr erwidert, ich sei vierundzwanzig und älter als sie.

›Nicht die Jahre zählen, mein Kleiner‹, hat sie gesagt, ›ich bin so viel älter als du.‹

Wissen Sie, sie war sehr traurig, ich möchte sogar sagen, verzweifelt. Ich glaube, gerade deswegen habe ich sie geliebt. Sie lachte und scherzte, aber immer voller Bitterkeit. Es gab Augenblicke ...«

»Sprich nur weiter!«

»Ich weiß, auch Sie halten mich für naiv. Sie versuchte, mich gegen sie aufzubringen, hat sich vulgär gegeben und ordinär dahergeredet.

›Warum reicht es dir nicht, mit mir zu schlafen, wie die anderen? Findest du mich nicht erregend? Ich könnte dir mehr beibringen als jede andere Frau. Ich wette, keine hat so viel Erfahrung wie ich, und keine kann es so gut wie ich ...‹

Warten Sie, sie hat noch etwas gesagt, das mir jetzt erst wieder einfällt:

›Ich habe eine gute Schule hinter mir.‹«

»Hast du nie Lust gehabt, es zu probieren?«

»Ich habe sie begehrt. Manchmal hätte ich am liebsten vor Verlangen geschrien. Aber ich wollte sie nicht so. Es hätte alles verdorben, verstehen Sie?«

»Ich verstehe. Und was sagte sie, als du ihr vorgeschlagen hast, ein anderes Leben zu beginnen?«

»Sie hat gelacht und mich ihre kleine Jungfrau genannt und noch mehr getrunken. Ich bin überzeugt, das geschah aus Verzweiflung. Haben Sie den Mann gefunden?«

»Welchen Mann?«

»Den sie Oscar genannt hat.«

»Es gibt noch keine Spur. Aber nun sag mir, was du letzte Nacht gemacht hast?«

Lapointe hatte eine prall gefüllte Akte mitgebracht. Es waren die Papiere, die bei der Gräfin gefunden worden waren; er hatte sie sorgfältig geordnet und mehrere Seiten mit Notizen gefüllt.

»Ich habe fast die ganze Lebensgeschichte der Gräfin rekonstruieren können. Heute Morgen habe ich einen telefonischen Bericht von der Polizei in Nizza bekommen.«

»Erzähl!«

»Zum einen kenne ich nun ihren richtigen Namen: Madeleine Lalande.«

»Den habe ich gestern auf dem Trauschein gesehen.«

»Ach ja, stimmt, verzeihen Sie. Sie ist in La Roche-sur-Yon geboren. Ihre Mutter hat dort als Putzfrau gearbeitet, ihren Vater hat sie nicht gekannt. Sie ist als Zimmermädchen nach Paris gekommen, aber schon ein paar Monate später hatte sie jemanden, der sie aushielt. Sie hat mehrmals ihre Liebhaber gewechselt und sich dabei jedes Mal ein wenig verbessert, und vor fünfzehn Jahren galt sie als eine der schönsten Frauen der Côte d'Azur.«

»Hat sie da schon Drogen genommen?«

»Das weiß ich nicht. Ich hab nichts gefunden, was darauf schließen ließe. Sie hat viel gespielt, war oft im Kasino. Dann hat sie Graf Farnheim kennengelernt, der aus einer alten österreichischen Familie stammte und zu der Zeit fünfundsechzig Jahre alt war.

Ich habe die Briefe des Grafen hier, alle nach Datum geordnet.«

»Hast du sie alle gelesen?«

»Ja. Er hat sie leidenschaftlich geliebt.«

Lapointe wurde rot, als hätte auch er solche Liebesbriefe schreiben können.

»Sie sind sehr rührend. Er war sich darüber im Klaren, dass er nur noch ein gebrechlicher Greis war. Die ersten sind voller Hochachtung. Er nennt sie *Madame*, dann *Meine liebe Freundin* und schließlich *Mein kleines Mädchen* und fleht sie an, ihn nicht zu verlassen, ihn nie allein zu lassen. Immer wieder schreibt er, er habe nur sie auf der Welt und es wäre ihm unerträglich, die letzten Jahre seines Lebens ohne sie verbringen zu müssen.«

»Haben sie gleich miteinander geschlafen?«

»Nein, erst nach einigen Monaten. Er erkrankte, als er in einer möblierten Villa wohnte, bevor er L'Oasis kaufte, und bat sie, dort als sein Gast zu wohnen und ihm täglich ein paar Stunden Gesellschaft zu leisten.

Man spürt in jeder Zeile, dass er es ehrlich meint, dass er sich verzweifelt an sie klammert und zu allem bereit ist, um sie nicht zu verlieren.

Mit Bitterkeit spricht er von dem Altersunterschied und dass er wisse, es sei kein angenehmes Leben, das er ihr bieten könne.

Aber es wird nicht für lange sein, schreibt er einmal, *ich bin alt und krank. In wenigen Jahren wirst Du frei sein, mein kleines Mädchen, und immer noch schön und außerdem reich, wenn Du es mir erlaubst …*

Er schrieb ihr jeden Tag, bisweilen nur kleine Nachrichten wie ein Schüler:

Ich liebe Dich! Ich liebe Dich! Ich liebe Dich!

Dann plötzlich kommt es wie ein Rausch über ihn, und er singt eine Art Hohelied. Der Ton verändert sich, und er spricht von ihrem Körper mit einer beinahe andächtigen Leidenschaft.

Ich kann nicht glauben, dass dieser Körper mir gehört hat, diese Brüste, diese Hüften, dieser Bauch … «

Maigret blickte Lapointe nachdenklich an, lächelte aber nicht.

»Von da an quält ihn die Angst, sie zu verlieren. Zugleich plagt ihn die Eifersucht. Er fleht sie an, ihm alles zu erzählen, selbst wenn es schmerzhaft für ihn sei. Er erkundigt sich, was sie am Vortag gemacht, mit welchen Männern sie gesprochen hat.

Es ist da die Rede von einem Musiker des Kasinos, den er schön findet und den er schrecklich fürchtet. Er will auch alles aus ihrer Vergangenheit wissen.

Alles, alles muss ich von Dir haben.

Schließlich beschwört er sie, ihn zu heiraten.

Von ihr habe ich keine Briefe. Sie scheint ihm nicht geschrieben, sondern nur mit ihm telefoniert zu haben, wenn sie nicht bei ihm war. In einem der letzten Briefe kommt er wieder auf sein Alter zu sprechen:

Ich hätte wissen müssen, dass Dein schöner Körper Bedürfnisse hat, die ich nicht befriedigen kann. Das zerreißt mich. Jedes Mal, wenn ich daran denke, empfinde ich einen solchen Schmerz, dass ich zu sterben glaube. Aber lieber noch will ich Dich mit jemandem teilen, als Dich ganz zu verlieren. Ich schwöre Dir, ich werde Dir nie eine Szene oder einen Vorwurf machen. Du wirst ebenso frei sein, wie Du es heute bist, und ich werde still in meiner Ecke sitzen und darauf warten, dass Du ein wenig Freude in das Leben Deines alten Mannes bringst …«

Lapointe schnäuzte sich.

»Sie haben auf Capri geheiratet. Ich weiß nicht, warum. Einen Ehevertrag gab es nicht, sie haben also in Gütergemeinschaft gelebt. Einige Monate waren sie auf Reisen, sind in Konstantinopel und Kairo gewesen. Dann haben sie mehrere Wochen in einem Hotel an den Champs-Élysées gewohnt. Das weiß ich, weil ich unter den Papieren die Hotelrechnung gefunden habe.«

»Wann ist er gestorben?«

»Die Polizei von Nizza hat mir alles ganz genau sagen können. Knapp drei Jahre nach ihrer Hochzeit. Sie waren kurz vorher in die Villa L'Oasis gezogen. Monatelang sah man sie beide, wie sie sich von einem Chauffeur in einer Limousine zu den Kasinos von Monte Carlo, Cannes und Juan-les-Pins fahren ließen.

Sie war äußerst elegant gekleidet und mit kostbarem Schmuck behängt. Überall erregte sie Aufsehen, und ihr Mann folgte ihr auf Schritt und Tritt, klein, gebrechlich, mit weißem Spitzbart und Monokel. Man nannte ihn die Ratte.

Sie spielte mit hohen Einsätzen, flirtete ungeniert und soll eine ganze Menge Abenteuer gehabt haben.

Wie ihr Schatten harrte er mit resigniertem Lächeln bis in die frühen Morgenstunden aus.«

»Wie ist er gestorben?«

»Nizza schickt Ihnen den Bericht per Post, denn der Tod des Grafen hat damals eine polizeiliche Untersuchung erfordert. L'Oasis befindet sich an der Corniche, und die von Palmen umgebene Terrasse liegt auf einem steil abfallenden Felsen in etwa hundert Meter Höhe.

Am Fuße dieses Felsens hat man eines Morgens die Leiche des Grafen gefunden.«

»Hat er getrunken?«

»Er musste Diät halten, und sein Arzt hatte erklärt, dass gewisse Medikamente, die er einnehmen musste, Schwindelanfälle verursachen können.«

»Hatten der Graf und die Gräfin ein gemeinsames Schlafzimmer?«

»Jeder hatte ein eigenes Schlafzimmer. Am Abend vorher waren sie wie gewöhnlich zum Kasino gefahren. Gegen drei Uhr morgens kamen sie zurück. Für ihre Verhältnisse sehr früh. Die Gräfin war müde. Den Grund hat sie der Polizei offen genannt: Sie hatte ihre Periode, unter der sie immer sehr litt. Sie hat sich gleich schlafen gelegt. Ihr Mann dagegen ist nach Aussage des Chauffeurs noch in die Bibliothek gegangen, von der eine Glastür auf die Terrasse führt. Er tat das bisweilen, wenn er an Schlaflosigkeit litt. Er schlief überhaupt nur wenig. Man geht davon aus, dass er noch frische Luft schnappen wollte und sich auf den Rand des Felsens gesetzt hat. Das war sein Lieblingsplatz, denn von dort sieht man die Baie des Anges, die Lichter von Nizza und einen großen Teil der Küste.

An der Leiche waren keine Spuren von Gewaltanwendung zu erkennen, und die angeordnete Autopsie war ebenfalls ergebnislos.«

»Was ist aus ihr geworden?«

»Sie musste sich mit einem Großneffen herumschlagen, der aus Österreich angereist kam und ihr einen Prozess wegen des Erbes anhängte, den sie erst nach zwei Jahren gewann. Sie blieb weiter in L'Oasis wohnen. Dort empfing sie viel Besuch, im Haus ging es stets hoch her, man trank bis in den Morgen. Häufig schliefen die Gäste dort, und nach dem Aufstehen wurde weitergefeiert.

Nach den Angaben der Polizei folgte ein Gigolo dem anderen, und die haben ihr einen Gutteil ihres Geldes abgeknöpft.

Ich habe gefragt, ob sie damals mit den Drogen angefangen hat. Aber man konnte mir nichts Genaues sagen. Sie wollen versuchen, das zu ermitteln, aber es ist schon sehr lange her. Der einzige Bericht, den sie bisher gefunden haben, ist sehr unvollständig, und sie wissen nicht, ob sie die Akte aufstöbern können.

Fest steht, dass sie getrunken und gespielt hat. Wenn sie richtig in Stimmung war, lud sie jedermann zu sich ein.

Wissen Sie, es scheint da unten viele solche Verrückte zu geben.

Bestimmt hat sie beim Roulette viel Geld verloren, sie hat oft stundenlang beharrlich auf eine Zahl gesetzt.

Vier Jahre nach dem Tod ihres Mannes hat sie L'Oasis verkauft, wegen der Wirtschaftskrise zu einem sehr niedrigen Preis. Ich glaube, heute ist es ein Sanatorium oder ein Erholungsheim, jedenfalls kein Privathaus mehr.

Darüber hinaus ist in Nizza nichts bekannt. Als das Anwesen verkauft war, ist die Gräfin weggezogen. Man hat sie nie wieder an der Côte gesehen.«

»Du solltest mal bei der Glücksspielaufsichtsbehörde nachfragen«, sagte Maigret. »Und die Leute vom Rauschgiftdezernat können dir vielleicht auch weiterhelfen.«

»Soll ich mich nicht um Arlette kümmern?«

»Im Augenblick nicht. Ich möchte, dass du noch mal in Nizza anrufst. Vielleicht können sie dir die Liste aller Personen geben, die zu dem Zeitpunkt, als der Graf starb, in der Villa L'Oasis gewohnt haben. Vergiss nicht die Dienstboten! Auch wenn es schon fünfzehn Jahre her ist, kann man vielleicht doch den ein oder anderen ausfindig machen.«

Es schneite noch immer. Dicke Flocken fielen vom Himmel, aber sie waren so leicht und federig, dass sie schmolzen, sobald sie eine Mauer oder den Boden berührten.

»Sonst nichts, Chef?«

»Vorerst nicht. Lass mir die Akte hier.«

»Soll ich nicht meinen Bericht schreiben?«

»Erst wenn die Ermittlungen beendet sind. So, und nun los.«

Maigret erhob sich. Er war ganz benommen von der Hitze im Büro, hatte noch immer einen schlechten Geschmack im Mund und einen Brummschädel. Ihm fiel ein, dass eine Dame im Vorzimmer auf ihn wartete. Um sich etwas Bewegung zu verschaffen, beschloss er, sie selbst hereinzuholen. Hätte er Zeit gehabt, wäre er auf einen Sprung in die Brasserie Dauphine gegangen, um dort ein kleines Bier zu trinken, das ihm wieder Auftrieb gegeben hätte.

Mehrere Menschen saßen im gläsernen Warteraum. Das Grün der Sessel wirkte noch greller als sonst. In einer Ecke stand ein Regenschirm, um den sich eine Pfütze gebildet hatte. Maigret blickte sich fragend um und bemerkte eine schwarz gekleidete ältere Dame, die kerzengerade auf ihrem Stuhl saß und sich bei seinem Eintreten erhob. Sicherlich hatte sie sein Bild in der Zeitung gesehen.

Lognon war ebenfalls da, blieb aber sitzen, sah den Kommissar nur an und seufzte. Das war nun einmal seine Art. Er brauchte es geradezu, sich unglücklich und vom Pech verfolgt zu fühlen, als Opfer eines böswilligen Schicksals.

Er hatte die ganze Nacht gearbeitet und war durch die nassen Straßen gestapft, während Hunderttausende von Parisern schliefen. Die Kriminalpolizei hatte sich des Falls angenommen, und es war nicht mehr seine Untersuchung. Und doch hatte er, obwohl er wusste, dass andere das Lob dafür einheimsen würden, sein Möglichstes getan und dabei etwas entdeckt.

Seit einer halben Stunde wartete er hier mit einem merkwürdigen jungen Mann mit langem Haar, einem bleichen Gesicht und verkniffenen Nasenflügeln, der unablässig vor sich hin stierte, als ob er im nächsten Augenblick ohnmächtig würde.

Und natürlich – man kümmerte sich nicht um ihn, ließ ihn Trübsal blasen, fragte ihn nicht einmal, wer sein Begleiter sei, noch was er herausgefunden habe. Maigret murmelte nur:

»Einen Augenblick, Lognon.«

Er ließ die Dame vorangehen, öffnete ihr die Tür zu seinem Büro und trat zur Seite.

»Bitte nehmen Sie Platz.«

Maigret sollte rasch merken, dass er sich getäuscht hatte. Wegen seines Gesprächs mit Rose und des strengen, gutbürgerlichen Aussehens seiner Besucherin, ihrer verkniffenen Miene und ihres schwarzen Kleides hatte er vermutet, Arlettes Mutter vor sich zu haben, die das Bild ihrer Tochter in der Zeitung gesehen hatte.

Ihre ersten Worte ließen ihn noch in diesem Glauben.

»Ich wohne in Lisieux und habe heute den ersten Zug genommen.«

Lisieux lag nicht weit vom Meer, und soweit er sich erinnerte, gab es dort ein Kloster.

»Ich habe gestern Abend das Bild in der Zeitung gesehen und sie sofort erkannt.«

Ihr Gesicht nahm einen bestürzten Ausdruck an, wohl weil sie es angemessen fand; traurig aber war sie nicht im Geringsten. In ihren kleinen schwarzen Augen war sogar eine Art triumphierendes Funkeln wahrzunehmen.

»In vier Jahren hat sich das Mädchen natürlich verändert, und die neue Frisur macht viel aus. Trotzdem bin ich ganz sicher, dass sie es ist. Ich wäre gern zu meiner Schwägerin gegangen, aber wir sprechen schon seit Jahren nicht mehr miteinander, und ich sehe nicht ein, weshalb ich den ersten Schritt tun soll. Verstehen Sie?«

»Ich verstehe«, sagte Maigret mit ernstem Gesicht und zog an seiner Pfeife.

»Ihren Namen hat sie natürlich auch geändert, aber das ist wohl normal, wenn man so ein Leben führt. Es hat mich jedoch sehr verwundert, dass sie sich Arlette nannte und einen Personalausweis auf den Namen Jeanne Leleu hatte. Am seltsamsten ist, dass ich die Leleus gekannt habe …«

Er wartete geduldig und sah dabei hinaus in den fallenden Schnee.

»Jedenfalls habe ich das Bild drei verschiedenen Personen gezeigt, anständigen Leuten, die Anne-Marie gut gekannt haben, und alle drei waren sich sicher. Das ist eindeutig die Tochter meines Bruders und meiner Schwägerin.«

»Lebt Ihr Bruder noch?«

»Das Kind war erst zwei Jahre alt, als er starb. Er ist bei einem Eisenbahnunglück ums Leben gekommen.

Vielleicht erinnern Sie sich noch an die berüchtigte Katastrophe von Rouen. Ich hatte ihm gesagt ...«

»Wohnt Ihre Schwägerin in Lisieux?«

»Sie ist nie aus der Gegend weggegangen. Aber wie ich bereits sagte, wir sehen uns nicht mehr. Es würde zu weit führen, wenn ich Ihnen das erklären wollte. Es gibt Menschen, mit denen man einfach nicht auskommt. Also lassen wir das.«

»Lassen wir das«, wiederholte er. Dann fragte er:

»Wie hieß Ihr Bruder?«

»Trochain. Gaston Trochain. Wir sind eine große Familie, wohl die größte in Lisieux, und eine der ältesten. Ich weiß nicht, ob Sie die Gegend kennen?«

»Nein, Madame, ich bin nur durchgefahren.«

»Aber da haben Sie bestimmt auf dem Platz das Denkmal von General Trochain gesehen. Das ist unser Urgroßvater. Und wenn Sie die Straße nach Caen nehmen, sehen Sie rechts ein Schloss mit Schieferdach. Das ist der Familiensitz. Heute gehört es uns nicht mehr. Nach dem Ersten Weltkrieg haben es Neureiche gekauft. Mein Bruder hatte aber trotzdem eine schöne Stellung.«

»Ist es indiskret, wenn ich frage, was er gemacht hat?«

»Er war Forstmeister. Meine Schwägerin ist Tochter eines Eisenwarenhändlers, der es zu einem kleinen Vermögen gebracht hatte, und sie hat ein Dutzend Häuser und zwei Bauernhöfe geerbt. Als mein

Bruder noch lebte, lud man sie seinetwegen mit ein, aber seit sie Witwe ist, verkehrt niemand mehr mit ihr, weil sie nicht zur Gesellschaft gehört, und sie ist in ihrem großen Haus praktisch immer allein.«

»Glauben Sie, sie hat auch die Zeitung gelesen?«

»Bestimmt. Das Foto war auf der ersten Seite unseres Lokalblatts, das jeder in der Stadt liest.«

»Wundert es Sie nicht, dass sie sich noch nicht bei uns gemeldet hat?«

»Nein, Herr Kommissar, und das wird sie auch nicht tun. Dazu ist sie zu stolz. Ich wette sogar, wenn man ihr die Leiche zeigt, würde sie schwören, das sei nicht ihre Tochter. Ich weiß, dass sie seit vier Jahren nichts von ihr gehört hat. Niemand in Lisieux hat von ihr gehört. Aber nicht wegen ihrer Tochter hat sie Kummer, sondern wegen dem, was die Leute darüber denken.«

»Wissen Sie, warum sie das Haus ihrer Mutter verlassen hat?«

»Ich könnte Ihnen darauf antworten, dass kein Mensch es mit dieser Frau aushält. Aber das ist nicht der einzige Grund. Ich weiß nicht, von wem das Mädchen das hatte. Von meinem Bruder gewiss nicht, das wird Ihnen jeder bestätigen. Jedenfalls ist sie mit fünfzehn Jahren aus dem Kloster geworfen worden. Von da an wagte ich nicht mehr in dunkle Eingänge zu blicken, wenn ich abends ausging, weil ich fürchtete, sie dort mit einem Mann zu sehen. Sogar mit verheirateten Männern. Meine Schwägerin meinte, sie einsperren zu müssen, aber das war nie eine gute Methode, und es hat sie nur noch wilder gemacht. Man erzählt sich in der Stadt, dass sie einmal abends ohne Schuhe aus dem Fenster gestiegen ist und man sie so auf der Straße gesehen hat.«

»Gibt es irgendein Merkmal, an dem Sie sie zweifelsfrei erkennen würden?«

»Ja, Herr Kommissar.«

»Und was ist das?«

»Ich selbst habe leider keine Kinder. Mein Mann ist nie sehr kräftig gewesen und ist jetzt schon seit Jahren krank. Als meine Nichte noch klein war, war ich mit ihrer Mutter noch nicht zerstritten. Als Schwägerin habe ich mich oft um das Baby gekümmert, und ich erinnere mich, dass sie unter der linken Ferse ein Muttermal hatte, einen kleinen weinroten Fleck, der nie ganz verschwunden ist.«

Maigret nahm den Hörer ab und rief das Gerichtsmedizinische Institut an.

»Hallo! Hier ist die Kriminalpolizei. Sehen Sie sich bitte den linken Fuß der jungen Frau an, die gestern eingeliefert worden ist ... Ja ... Ich bleibe am Apparat ... Sagen Sie mir, ob Sie da etwas Besonderes bemerken ...«

Sie wartete mit der vollkommenen Sicherheit einer Frau, die nie in die Versuchung gekommen ist, an sich selbst zu zweifeln, blieb kerzengerade auf ihrem Stuhl sitzen und hatte dabei die Hände auf den silbernen Verschluss ihrer Handtasche gelegt. Man konnte sich gut vorstellen, wie sie mit der gleichen harten und abweisenden Miene in der Kirche saß und der Predigt lauschte.

»Hallo? … Ja … Das ist alles … Ich danke Ihnen … Es wird gleich jemand kommen, der die Leiche identifizieren kann.«

Er wandte sich wieder an die Dame aus Lisieux.

»Ich darf doch annehmen, dass Sie das nicht allzu sehr schreckt?«

»Es ist meine Pflicht«, antwortete sie nur.

Er hatte nicht den Mut, den armen Lognon noch länger warten zu lassen, und schon gar nicht, seine Besucherin ins Leichenschauhaus zu begleiten. Er sah sich im Nachbarbüro nach jemandem um.

»Frei, Lucas?«

»Ich bin gerade mit meinem Bericht über den Fall in Javel fertig.«

»Könntest du die Dame ins Gerichtsmedizinische Institut begleiten?«

Sie war größer als der Inspektor und sehr hager, und wie sie da vor ihm durch den Flur schritt, sah es fast so aus, als führte sie ihn an der Leine.

6

Als Lognon eintrat und seinen Gefangenen vor sich herschob, sah Maigret, dass der junge Mann, dessen Haar so lang war, dass es ihm tief in den Nacken fiel, einen schweren, notdürftig von einer Schnur zusammengehaltenen Ziehharmonikakoffer aus braunem Segeltuch schleppte, der seinen Gang schief machte.

Der Kommissar öffnete eine Tür und ließ den jungen Mann ins Inspektorenbüro eintreten.

Er deutete auf den Koffer und sagte:

»Seht nach, was da drin ist.«

Und nach kurzem Überlegen fügte er hinzu:

»Er soll auch seine Hose herunterziehen, damit man sehen kann, ob er sich spritzt.«

Als er mit Inspektor Griesgram allein war, sah er ihn wohlwollend an. Er verübelte ihm seine Launen nicht, wusste er doch, dass seine Frau ihm das Leben nicht gerade angenehmer machte. Viele seiner Kollegen meinten es gut mit Lognon, aber es war stärker als sie. Sobald sie seine düstere Miene sahen, die unablässig eine Katastrophe zu wittern schien, konnten sie nur mit den Schultern zucken oder lächeln.

Maigret hatte den Verdacht, dass er sich in seinem Pech und seiner schlechten Laune eigentlich ganz wohlfühlte und beides liebevoll hegte und pflegte, wie manche Greise ihre chronische Bronchitis, um Mitleid zu erwecken.

»Nun, mein Lieber?«

»Ich stehe zu Ihrer Verfügung.«

Das bedeutete, dass Lognon bereit war, auf Fragen zu antworten, weil er nur ein Untergebener war, es aber für einen Skandal hielt, dass er, der ohne die Kriminalpolizei die Ermittlungen selbst geleitet hätte, er, der sein Viertel wie seine Westentasche kannte und sich seit gestern keinen Augenblick Ruhe gegönnt hatte, jetzt Rede und Antwort stehen musste.

Sein missmutig verzogener Mund sprach Bände:

»Ich weiß schon, wie das läuft. So ist es immer. Sie ziehen mir alles aus der Nase, und morgen oder übermorgen wird in der Zeitung stehen, dass Kommissar Maigret den Fall gelöst hat. Und einmal mehr wird man seine Spürnase und seine Methoden rühmen.«

Lognon war anderer Meinung, und das war wohl die Erklärung für seine Haltung. Dass Maigret Kommissar war, dass andere hier in einer Spezialabteilung arbeiteten, statt in einem normalen Kommissariat Dienst zu tun, verdankten sie nur ihrem Glück, ihren Beziehungen oder ihrer Gabe, sich ins rechte Licht zu rücken.

In Lognons Augen war niemand besser als er selbst.

»Wo hast du ihn aufgegabelt?«

»An der Gare du Nord.«

»Wann?«

»Heute Morgen um halb sieben. Es war noch dunkel.«

»Weißt du seinen Namen?«

»Ich kenne ihn schon ewig. Ich habe ihn heute zum achten Mal verhaftet. Die meisten nennen ihn beim Vornamen. Philippe. Er heißt Philippe Mortemart, und sein Vater ist Professor an der Universität von Nancy.«

Maigret war überrascht, so viele Auskünfte auf einmal von ihm zu bekommen. Lognons Schuhe waren schmutzig, und da sie alt waren, hatte er bestimmt nasse Füße. Seine Hose war bis zu den Knien feucht, und seine Augen waren rot unterlaufen.

»Hast du sofort gewusst, wer das war, als die Concierge von einem jungen Mann mit langen Haaren sprach?«

»Ich kenne schließlich mein Viertel.«

Womit er sagen wollte, dass Maigret und seine Männer dort nichts zu suchen hatten.

»Bist du zu ihm gegangen? Wo wohnt er?«

»In einem ehemaligen Dienstbotenzimmer in einem Haus am Boulevard Rochechouart. Da war er aber nicht.«

»Wann war das?«

»Gestern Abend um sechs.«

»Hatte er seinen Koffer schon mitgenommen?«

»Noch nicht.«

Man musste anerkennen, dass Lognon ein wirklich zäher Spürhund war. Er hatte eine Fährte verfolgt, ohne zu wissen, ob es die richtige war, und sich durch nichts entmutigen lassen.

»Du hast ihn von gestern Abend um sechs bis heute früh gesucht?«

»Ich weiß, wo er sich rumtreibt. Er brauchte Geld, um abzuhauen, und machte seine Runde, um jemanden zu finden, der ihm was gibt. Erst als er Geld hatte, hat er seinen Koffer geholt.«

»Wie hast du erfahren, dass er an der Gare du Nord war?«

»Ein Mädchen hat gesehen, wie er in den ersten Bus am Square d'Anvers gestiegen ist. Ich habe ihn im Wartesaal aufgestöbert.«

»Und was hast du seitdem mit ihm gemacht?«

»Ich habe ihn aufs Kommissariat geführt.«

»Ergebnis?«

»Er will nichts sagen oder weiß nichts.«

Seltsam, Maigret hatte das Gefühl, dass der Inspektor so schnell wie möglich wieder wegwollte, aber nicht, um den versäumten Schlaf nachzuholen.

»Ich nehme an, ich soll ihn jetzt Ihnen überlassen?«

»Hast du deinen Bericht schon geschrieben?«

»Ich werde ihn heute Abend meinem Kommissar geben.«

»Hat Philippe der Gräfin das Rauschgift beschafft?«

»Oder sie ihm. Jedenfalls hat man sie oft zusammen gesehen.«

»Seit wann?«

»Seit mehreren Monaten. Wenn Sie mich nicht mehr brauchen ...«

Er hatte einen Hintergedanken, das war klar. Entweder hatte ihm Philippe einen Floh ins Ohr gesetzt oder er war bei seinen nächtlichen Ermittlungen zufällig auf eine Spur gestoßen und brannte nun darauf, sie zu verfolgen, bevor andere schneller waren.

Auch Maigret kannte das Viertel, und er konnte sich denken, wie die Nacht für Philippe und den Inspektor ausgesehen hatte. Um an Geld zu kommen, hatte der junge Mann alle seine Bekannten aufgesucht, die vor allem in der Welt der Rauschgiftsüchtigen zu finden waren. Zweifellos hatte er sich an Mädchen gewandt, die vor zwielichtigen Hotels Männer ansprechen, an Kellner, an Nachtclubportiers. Als niemand mehr auf der Straße war, hatte er an die Türen jener Bruchbuden geklopft, in denen andere seiner Sorte hausten, die ebenso jämmerlich und mittellos waren wie er.

Hatte er wenigstens Rauschgift für seinen eigenen Bedarf bekommen? Wenn nicht, würde er gleich zusammenklappen.

»Kann ich jetzt gehen?«

»Ich danke dir. Du hast gute Arbeit geleistet.«

»Ich will aber nicht behaupten, dass er die Alte ermordet hat.«

»Ich auch nicht.«

»Werden Sie ihn hierbehalten?«

»Möglicherweise.«

Lognon ging, und Maigret öffnete die Tür zum Inspektorenbüro. Auf dem Fußboden lag der geöffnete Koffer. Philippe, dessen Gesicht mittlerweile die Konsistenz und Farbe von geschmolzenem Kerzenwachs hatte, hob den Arm, sobald sich jemand bewegte, als fürchtete er sich vor Schlägen.

Niemand hatte Mitleid mit ihm, auf allen Gesichtern las man den gleichen Ekel.

Der Koffer enthielt nur gebrauchte Wäsche, ein Paar Strümpfe zum Wechseln, Medizinfläschchen – Maigret roch daran, um sich zu vergewissern, dass es nicht Heroin war – und einige Hefte.

Er blätterte darin. Es waren Gedichte, genauer gesagt, zusammenhanglose Sätze, offensichtlich unter der Wirkung des Rauschgifts zu Papier gebracht.

»Komm!«, sagte Maigret.

Und Philippe ging ängstlich vor ihm her, wie jemand, der jeden Augenblick einen Tritt in den Hintern erwartet. Er schien das schon öfter erlebt zu haben. Selbst auf dem Montmartre gibt es Leute, die einen Kerl wie ihn nicht sehen können, ohne ihm einen Tritt zu versetzen.

Maigret setzte sich, ohne ihm einen Platz anzubieten, und so blieb der junge Mann stehen, wobei er unaufhörlich und nervtötend vor sich hin schniefte.

»War die Gräfin deine Geliebte?«

»Sie war meine Gönnerin.«

Er sagte das auf eine Weise, die darauf schließen ließ, dass er homosexuell war.

»Soll das heißen, dass du nicht mit ihr geschlafen hast?«

»Sie interessierte sich für mein Werk.«

»Hat sie dir Geld gegeben?«

»Sie hat mich bei meinem Lebensunterhalt unterstützt.«

»Hat sie dir viel gegeben?«

»Sie war nicht reich.«

Man brauchte nur seinen blauen Zweireiher anzusehen, gut geschnitten, aber sehr abgenutzt. Seine Schuhe hatte ihm wohl jemand geschenkt, denn es waren Lackschuhe, die besser zu einem Smoking gepasst hätten als zu dem schmutzigen Regenmantel, den er anhatte.

»Warum hast du versucht, nach Belgien zu fliehen?«

Er antwortete nicht sofort, sondern blickte auf die Tür zum Nebenzimmer, als fürchtete er, Maigret würde zwei kräftige Inspektoren hereinrufen, damit sie ihm eine Tracht Prügel verabreichten. Vielleicht war ihm das bei früheren Verhaftungen schon einmal passiert?

»Ich habe nichts verbrochen. Ich verstehe nicht, warum man mich festgenommen hat.«

»Stehst du auf Männer?«

Wie alle Schwulen war er im Grunde stolz darauf, und seine auffallend roten Lippen verzogen sich unwillkürlich zu einem Lächeln. Wer weiß, vielleicht machte es ihm Vergnügen, von richtigen Männern verprügelt zu werden?

»Willst du nicht antworten?«

»Ich habe Freunde.«

»Aber auch Freundinnen?«

»Das ist nicht das Gleiche.«

»Wenn ich richtig verstehe, hast du die Freunde fürs Vergnügen und die alten Damen fürs Materielle.«

»Sie schätzen meine Gesellschaft.«

»Kennst du viele?«

»Drei oder vier.«

»Alle deine Gönnerinnen?«

Maigret fiel es nicht leicht, ruhig über diese Dinge zu sprechen und den jungen Mann wie seinesgleichen zu behandeln.

»Sie unterstützen mich hin und wieder.«

»Spritzen sie sich alle?«

Statt eine Antwort zu geben, wandte er den Kopf ab, und Maigret wurde jetzt wirklich wütend. Er stand nicht auf, packte ihn nicht am speckigen Kragen seines Regenmantels, um ihn zu schütteln, aber seine Stimme nahm einen drohenden Ton an.

»Hör zu! Ich habe heute nicht viel Geduld, und ich heiße nicht Lognon. Entweder redest du jetzt sofort, oder du wanderst für eine ganze Weile ins Gefängnis. Und vorher werden sich meine Inspektoren noch mit dir beschäftigen.«

»Soll das heißen, dass sie mich schlagen?«

»Sie werden tun, wozu sie Lust haben.«

»Dazu haben sie kein Recht!«

»Und du hast nicht das Recht, die Gegend zu verschandeln. So, und jetzt will ich eine Antwort. Wie lange kennst du die Gräfin schon?«

»Ungefähr seit einem halben Jahr.«

»Wo hast du sie kennengelernt?«

»In einer kleinen Bar in der Rue Victor-Massé, fast gegenüber ihrer Wohnung.«

»Hast du gleich gemerkt, dass sie an der Spritze hängt?«

»Das war ihr anzusehen.«

»Hast du dich an sie rangemacht?«

»Ich habe sie gebeten, mir etwas abzugeben.«

»Hatte sie was?«

»Ja.«

»Viel?«

»Sie war fast nie ohne Stoff.«

»Weißt du, wo sie ihn herhatte?«

»Das hat sie mir nicht gesagt.«

»Antworte. Du weißt es.«

»Ich glaube.«

»Woher?«

»Von einem Arzt.«

»Einem Arzt, der selbst süchtig ist?«

»Ja.«

»Doktor Bloch?«

»Ich weiß nicht, wie er heißt.«

»Du lügst. Bist du zu ihm gegangen?«

»Kann schon sein.«

»Weshalb?«

»Damit er mir was gibt.«

»Und, hat er?«

»Ein einziges Mal.«

»Weil du ihm gedroht hast zu reden?«

»Ich brauchte es dringend. Ich hatte schon seit drei Tagen nichts mehr. Er hat mir eine Spritze gegeben, nur eine.«

»Wo hast du die Gräfin getroffen?«

»In der kleinen Bar und bei ihr zu Hause.«

»Warum hat sie dir Morphium und Geld gegeben?«

»Weil sie sich für mich interessierte.«

»Ich habe dich schon einmal gewarnt, dass du besser auf meine Fragen antwortest.«

»Sie fühlte sich einsam.«

»Kannte sie niemanden?«

»Sie war immer allein.«

»Hast du mit ihr geschlafen?«

»Ich hab's versucht, um ihr eine Freude zu machen.«

»Bei ihr?«

»Ja.«

»Und ihr habt beide Rotwein getrunken?«

»Davon wurde mir übel.«

»Und dann seid ihr auf dem Bett eingeschlafen. Hast du manchmal dort übernachtet?«

»Ich war hin und wieder zwei Tage bei ihr.«

»Ohne die Vorhänge aufzuziehen, wette ich, ohne zu wissen, ob's Tag oder Nacht war. So war das doch, oder?«

Und danach war er wohl wie ein Schlafwandler in den Straßen umhergeirrt, in einer Welt, zu der er nicht mehr gehörte, auf der Suche nach der nächsten Gelegenheit.

»Wie alt bist du?«

»Achtundzwanzig.«

»Wann hast du damit angefangen?«

»Vor drei oder vier Jahren.«

»Warum?«

»Ich weiß nicht.«

»Hast du noch Kontakt zu deinen Eltern?«

»Mein Vater hat mich schon vor langer Zeit verstoßen.«

»Und deine Mutter?«

»Sie schickt mir hin und wieder heimlich eine Postanweisung.«

»Erzähl mir von der Gräfin.«

»Ich weiß nichts.«

»Sag, was du weißt.«

»Sie war mal sehr reich. Sie war mit einem Mann verheiratet, den sie nicht geliebt hat, einem alten Kerl, der sie keinen Augenblick in Ruhe gelassen hat und sie von einem Privatdetektiv verfolgen ließ.«

»Hat sie dir das erzählt?«

»Ja. Jeden Tag bekam er einen Bericht, in dem jeder einzelne ihrer Schritte festgehalten war.«

»Spritzte sie sich damals schon?«

»Nein, ich glaube nicht. Er ist dann gestorben, und alle wollten ihr nur das Geld abluchsen, das er ihr hinterlassen hatte.«

»Was heißt, alle?«

»Alle Gigolos von der Côte d'Azur, die berufsmäßigen Spieler, die sogenannten Freundinnen …«

»Hat sie dir nie Namen genannt?«

»Ich kann mich an keinen erinnern. Sie wissen ja, wie das ist. Wenn man seine Dosis intus hat, unterhält man sich anders als sonst …«

Maigret wusste es nur vom Hörensagen, denn er selbst hatte es nie probiert.

»Hatte sie noch Geld?«

»Nicht viel. Sie verkaufte, glaube ich, nach und nach ihren Schmuck.«

»Hast du die Juwelen gesehen?«

»Nein.«

»Hat sie dir misstraut?«

»Ich weiß nicht.«

Er schwankte so sehr auf seinen dürren Beinen,

die unter den weiten Hosen nur Haut und Knochen sein konnten, dass Maigret ihn mit einer Geste aufforderte, sich hinzusetzen.

»Versuchte außer dir sonst noch jemand in Paris, ihr das Geld aus der Tasche zu ziehen?«

»Davon hat sie mir nichts gesagt.«

»Hast du nie jemanden bei ihr oder mit ihr zusammen auf der Straße oder in einer Bar gesehen?«

Maigret spürte deutlich, wie er zögerte.

»N... nein.«

Er sah ihn streng an:

»Vergiss nicht, was ich dir angekündigt habe!«

Aber Philippe hatte sich schon wieder gefasst.

»Ich habe sie nie mit jemandem zusammen gesehen.«

»Weder Mann noch Frau?«

»Mit niemandem.«

»Hast du je von einem Oscar gehört?«

»Ich kenne niemanden, der so heißt.«

»Hat es manchmal so gewirkt, als ob sie vor jemandem Angst hätte?«

»Sie hatte nur Angst davor, ganz allein zu sterben.«

»Hat sie sich nicht mit dir gestritten?«

Sein Gesicht war zu bleich, um zu erröten, aber seine Ohrläppchen verfärbten sich ein wenig.

»Woher wissen Sie das?«

Mit einem leicht verächtlichen Lächeln fügte er hinzu:

»So endet das immer.«

»Erklär mir das genauer.«

»Da können Sie fragen, wen Sie wollen.«

Das bedeutete: jeden, der süchtig ist.

In düsterem Ton, als wüsste er, dass man ihn doch nicht verstehen würde:

»Wenn sie nichts mehr hatte und sich nicht gleich was besorgen konnte, ist sie wütend auf mich geworden, hat mich beschuldigt, ihr das Morphium abgebettelt und sogar gestohlen zu haben, und hat geschworen, dass sie am Abend zuvor noch sechs oder zwölf Ampullen in der Schublade gehabt habe.«

»Hattest du einen Schlüssel zu ihrer Wohnung?«

»Nein.«

»Bist du nie in ihrer Abwesenheit dort gewesen?«

»Sie war fast immer da. Manchmal verließ sie ihr Schlafzimmer eine Woche und noch länger nicht.«

»Antworte auf meine Frage mit Ja oder Nein. Bist du je in ihrer Abwesenheit dort gewesen?«

Wieder ein kaum merkliches Zögern.

»Nein.«

Wie zu sich selbst murmelte Maigret:

»Du lügst.«

Durch diesen Philippe war die Atmosphäre in seinem Büro fast ebenso erstickend und unwirklich wie in der Wohnung in der Rue Victor-Massé.

Maigret kannte genügend Süchtige, um zu wissen, dass Philippe, wenn ihm das Morphium ausgegangen war, alles versucht hatte, um sich welches zu beschaffen. In solchen Fällen machte er, genau wie in der letzten Nacht, als er Geld für seine Flucht auftreiben wollte, die Runde bei allen, die er kannte, und bettelte sie ohne die geringste Scham an.

Am äußersten Rand der Gesellschaft, wo der junge Mann jetzt lebte, war es bestimmt nicht immer leicht. Wie sollte man da nicht auf den Gedanken kommen, dass die Gräfin fast immer etwas in ihrer Schublade hatte und dass man, wenn sie gerade geizig war, nur darauf warten musste, dass sie ausging.

Das war nur eine Vermutung, aber sie entbehrte nicht der Logik.

Solche Leute spionieren einander hinterher, gönnen einander nichts, bestehlen sich und zeigen sich manchmal sogar gegenseitig an. Wie oft wird die Kriminalpolizei von Menschen angerufen, die ihren Namen nicht nennen und sich nur rächen wollen!

»Wann hast du sie zum letzten Mal gesehen?«

»Vorgestern früh.«

»Bist du sicher, dass es nicht gestern war?«

»Gestern früh war ich krank und bin im Bett geblieben.«

»Was hattest du?«

»Ich hatte seit zwei Tagen keinen Stoff mehr.«

»Hat sie dir nichts gegeben?«

»Sie hat mir geschworen, dass sie selber nichts hatte und der Doktor nichts beschaffen konnte.«

»Habt ihr euch gestritten?«

»Wir waren beide schlechter Stimmung.«

»Hast du geglaubt, was sie dir gesagt hat?«

»Sie hat mir die leere Schublade gezeigt.«

»Wann erwartete sie den Arzt?«

»Sie wusste nicht, wann er kommen würde. Sie hatte ihn angerufen, und er hatte versprochen, dass er nach ihr sehen würde.«

»Bist du dann noch einmal zu ihr gegangen?«

»Nein.«

»Jetzt hör mir mal gut zu! Die Leiche der Gräfin hat man gestern Nachmittag gegen fünf gefunden. Die Abendzeitungen waren schon erschienen. Die Nachricht ist also erst heute Morgen veröffentlicht worden. Du aber hast die ganze Nacht damit verbracht, dir Geld für deine Flucht nach Belgien zu beschaffen. Woher wusstest du, dass die Gräfin tot ist?«

Er wollte offensichtlich schon antworten: Ich habe es nicht gewusst.

Aber unter dem strengen Blick des Kommissars überlegte er es sich anders.

»Ich bin durch die Straße gegangen und habe die Gaffer auf dem Bürgersteig stehen sehen.«

»Wann war das?«

»Um halb sieben.«

Zu der Zeit war Maigret in der Wohnung gewesen, und tatsächlich hatte ein Polizist vor dem Haus gestanden, um die Neugierigen fernzuhalten.

»Leer deine Taschen!«

»Inspektor Lognon hat sie mich schon leeren lassen.«

»Dann mach's noch einmal!«

Ein schmutziges Taschentuch, zwei Schlüssel an einem Ring – der eine war der Kofferschlüssel –, ein Taschenmesser, ein Portemonnaie, eine kleine Pillenschachtel, eine Brieftasche, ein Notizbuch und eine Spritze mit Etui kamen zum Vorschein.

Maigret nahm das Notizbuch, das schon ziemlich alt sein musste, denn die Seiten waren ganz vergilbt. Unzählige Adressen und Telefonnummern standen darin, aber fast keine Namen. Nur die Anfangsbuchstaben oder Vornamen. Ein Oscar war nicht dabei.

»Als du erfahren hast, dass die Gräfin erdrosselt worden war, hast du da gedacht, man könnte dich verdächtigen?«

»So ist das doch immer.«

»Und darum hast du beschlossen, dich nach Belgien abzusetzen? Kennst du da jemanden?«

»Ich bin mehrmals in Brüssel gewesen.«

»Wer hat dir das Geld gegeben?«

»Ein Freund.«

»Was für ein Freund?«

»Ich weiß seinen Namen nicht.«

»Du tätest besser daran, ihn mir zu sagen.«

»Der Arzt.«

»Doktor Bloch?«

»Ja. Ich hatte noch nichts aufgetrieben, und es war schon drei Uhr früh, und ich bekam es allmählich mit der Angst. Da habe ich ihn schließlich aus einer Bar in der Rue Caulaincourt angerufen.«

»Was hast du ihm gesagt?«

»Dass ich ein Freund der Gräfin bin und dringend Geld brauche.«

»Und das hat gleich geklappt?«

»Ich habe außerdem gesagt, er würde Scherereien bekommen, wenn man mich verhaftet.«

»Also hast du ihn erpresst! Hat er dich zu sich bestellt?«

»Er hat gesagt, ich solle in der Rue Victor-Massé vorbeikommen, wo er wohnt, und dass er auf dem Gehsteig auf mich warten würde.«

»Sonst hast du nichts von ihm verlangt?«

»Er hat mir eine Ampulle gegeben.«

»Und die hast du dir dann vermutlich in irgendeinem Hauseingang gespritzt? Ist das alles? Weiter weißt du nichts?«

»Nein, weiter weiß ich nichts.«

»Ist der Arzt auch schwul?«

»Nein.«

»Woher weißt du das?«

Philippe zuckte mit den Schultern, als wäre die Frage zu naiv.

»Hast du keinen Hunger?«

»Nein.«

»Durst?«

Die Lippen des jungen Mannes zuckten, aber nicht, weil er Hunger oder Durst hatte.

Maigret erhob sich schwerfällig und öffnete die Verbindungstür. Zufällig war Torrence da, ein breiter, schwerer Mann mit richtigen Fleischerhänden. Die Leute, die er verhörte, ahnten nicht, dass er sehr sanftmütig war.

»Komm mal her«, sagte der Kommissar. »Du schließt dich jetzt mit diesem Burschen ein und lässt ihn nicht eher laufen, bis er dir alles gesagt hat, was er weiß. Ganz gleich, ob es vierundzwanzig Stunden oder drei Tage dauert. Wenn du nicht mehr kannst, lass dich ablösen.«

Mit verstörter Miene protestierte Philippe:

»Ich habe Ihnen alles gesagt, was ich weiß. Sie wollen mich nur fertigmachen ...«

Dann kreischte er wie eine wütende Frau:

»Sie sind ein Scheusal ... Sie sind gemein ... Sie ... Sie ...«

Maigret trat zur Seite, um ihn vorbeizulassen, und zwinkerte dabei dem grobschlächtigen Torrence zu. Die beiden Männer gingen durch das große Inspektorenbüro in ein Kabuff, das man scherzhaft das »Beichtzimmer« nannte, und Torrence rief Lapointe noch hinterher:

»Lass mir Bier und Sandwiches bringen.«

Als Maigret mit seinen Mitarbeitern allein war,

reckte und streckte er sich und war drauf und dran, das Fenster zu öffnen.

»Nun, Kinder?«

Erst jetzt merkte er, dass Lucas zurück war.

»Sie ist schon wieder hier, Chef, und möchte Sie sprechen.«

»Die Tante aus Lisieux? Wie hat sie sich denn benommen?«

»Wie eine alte Frau, die es genießt, wenn andere zu Grabe getragen werden. Sie hat weder Essig noch Riechsalz gebraucht. Sie hat die Tote eiskalt von oben bis unten betrachtet und mich dann verdutzt gefragt:

›Warum hat man ihr die Körperhaare abrasiert?‹

Ich habe ihr geantwortet, dass wir das nicht waren, und das hat ihr den Atem verschlagen. Sie hat mir dann das Muttermal an der Fußsohle gezeigt.

›Sehen Sie! Aber ich hätte sie auch so erkannt.‹

Beim Hinausgehen hat sie, ohne mich nach meiner Meinung zu fragen, verkündet:

›Ich gehe mit Ihnen zurück. Ich muss den Kommissar sprechen.‹

Jetzt sitzt sie im Vorzimmer. Ich glaube, die werden wir nicht so leicht wieder los.«

Der kleine Lapointe nahm eben den Telefonhörer ab, aber die Verbindung schien schlecht zu sein.

»Ist das Nizza?«

Er nickte. Janvier war nicht da. Maigret ging in

sein Büro zurück und läutete nach dem Bürodiener, damit er die alte Dame aus Lisieux hereinführte.

»Sie wollen mir wohl noch etwas sagen?«

»Ich weiß nicht, ob das wichtig für Sie ist. Ich habe unterwegs über alles nachgedacht. Sie wissen, wie es manchmal geht. Ganz unversehens kramt man in seinen Erinnerungen. Ich möchte aber nicht als Lästermaul erscheinen.«

»Ich höre.«

»Es betrifft Anne-Marie. Ich habe Ihnen heute Morgen gesagt, dass sie Lisieux vor vier Jahren verlassen hat und ihre Mutter nie versucht hat herauszufinden, was aus ihr geworden ist. Unter uns gesagt, finde ich das immer ungeheuerlich bei einer Mutter.«

Maigret blieb nichts übrig, als abzuwarten. Sie zu drängen war sinnlos.

»Die Leute haben natürlich viel geredet. Lisieux ist eine Kleinstadt, und da bleibt nie etwas verborgen. Eine Frau, zu der ich volles Vertrauen habe und die jede Woche in geschäftlichen Dingen nach Caen fährt, hat mir bei allen Heiligen geschworen, sie sei Anne-Marie, kurz bevor sie damals ausgerissen ist, in Caen begegnet. Das Mädchen wollte gerade einen Arzt aufsuchen.«

Sie hielt mit zufriedener Miene inne, wunderte sich, dass Maigret ihr keine Frage stellte, seufzte leise und fuhr dann fort:

»Nun, es war nicht etwa irgendein Arzt, sondern Doktor Potu, der Geburtshelfer.«

»Mit anderen Worten, Sie vermuten, Ihre Nichte habe die Stadt verlassen, weil sie schwanger war?«

»Es gab dieses Gerücht, und man fragte sich, wer wohl der Vater war.«

»Hat man es herausbekommen?«

»Man hat verschiedene Namen genannt, die Auswahl war groß. Ich habe mir darüber immer meine eigenen Gedanken gemacht, und deswegen bin ich noch einmal zu Ihnen gekommen. Es ist doch meine Pflicht, Ihnen dabei zu helfen, die Wahrheit ans Licht zu bringen, nicht wahr?«

Sie fand allmählich, dass die Polizei gar nicht so neugierig war, wie immer behauptet wurde. Denn Maigret ermunterte sie ganz und gar nicht zum Sprechen, sondern hörte ihr genauso gleichgültig zu wie ein alter Beichtvater, der hinter seinem Gitter ein Nickerchen hält.

Als verriete sie etwas von größter Wichtigkeit, sagte sie: »Anne-Marie hatte immer mit dem Hals Probleme. Jeden Winter erkrankte sie mindestens einmal an Angina, und das wurde auch nicht besser, als man ihr die Mandeln herausgenommen hat. In jenem Jahr, ich erinnere mich noch genau daran, überlegte meine Schwägerin, mit ihr zu einer Kur nach La Bourboule zu fahren, wo man auf Halskrankheiten spezialisiert ist.«

Maigret erinnerte sich an die etwas raue Stimme Arlettes, die er dem Trinken, dem Rauchen und den Nächten ohne Schlaf zugeschrieben hatte.

»Als sie Lisieux verließ, war von ihrem Zustand noch nichts zu sehen, was vermuten lässt, dass sie erst im dritten oder vierten Monat war. Allerhöchstens. Zumal sie immer eng anliegende Kleider trug. Nun, und das fällt genau mit ihrem Aufenthalt in La Bourboule zusammen. Ich könnte schwören, dass sie dort einen Mann kennengelernt hat, von dem sie das Kind erwartete, und wahrscheinlich ist sie dann zu ihm gegangen. Wenn es einer aus Lisieux gewesen wäre, hätte er sie das Kind abtreiben lassen oder er wäre mit ihr weggezogen.«

Bedächtig zündete Maigret sich seine Pfeife an. Er fühlte sich zerschlagen wie nach einem langen Marsch, aber das kam nur von dem Ekel, den er empfand. Wie bei Philippe hätte er am liebsten das Fenster geöffnet.

»Ich nehme an, Sie fahren wieder zurück?«

»Heute noch nicht. Ich werde wohl ein paar Tage in Paris bleiben, ich habe hier Freunde, bei denen ich wohnen kann. Ich geben Ihnen die Adresse.«

Es war in der Nähe vom Boulevard Pasteur. Sie hatte die Adresse bereits auf eine ihrer Visitenkarten geschrieben und auch die Telefonnummer.

»Wenn Sie mich brauchen, können Sie mich anrufen.«

»Ich danke Ihnen.«

»Ich stehe ganz zu Ihrer Verfügung.«

»Das kann ich mir denken.«

Er geleitete sie hinaus, verabschiedete sich, ohne zu lächeln, schloss dann leise die Tür, reckte sich, fuhr sich mit beiden Händen über den Kopf und seufzte leise:

»Alles nur Dreck!«

»Kann ich reinkommen, Chef?«

Es war Lapointe, der ein Blatt Papier in der Hand hielt und sehr aufgeregt schien.

»Hast du wegen des Biers telefoniert?«

»Der Kellner von der Brasserie Dauphine hat gerade alles gebracht.«

Man hatte es noch nicht zu Torrence hineingetragen, und Maigret nahm ein Glas mit kühlem, schaumigem Bier und leerte es in einem Zug.

»Man muss ja nur anrufen, damit er noch eins bringt!«

7

Nicht ohne eine Spur von Eifersucht sagte Lapointe:

»Ich soll Ihnen übrigens die besten Grüße vom kleinen Julien ausrichten. Sie wüssten schon Bescheid, hat er gesagt.«

»Ist er in Nizza?«

»Er ist vor wenigen Wochen von Limoges dorthin versetzt worden.«

Julien war der Sohn eines ehemaligen Inspektors, der lange mit Maigret zusammengearbeitet hatte und nach seiner Pensionierung an die Côte d'Azur gezogen war. Der Umstände wegen hatte Maigret den kleinen Julien, seit er ihn auf seinen Knien hatte reiten lassen, nie wiedergesehen.

»Mit ihm habe ich gestern Abend telefoniert«, fuhr Lapointe fort. »Und ich bin auch weiter mit ihm in Kontakt. Als er hörte, dass ich in Ihrem Auftrag anrufe und er also gewissermaßen für Sie arbeitet, war er wie elektrisiert und wollte Wunder bewirken. Stundenlang hat er auf dem Dachboden des Kommissariats in alten Akten gestöbert. Sie scheinen da viele verschnürte Pakete aufzubewahren, die sich bis zur Decke stapeln, und darin sind unsortierte Berichte von Fällen, die längst vergessen sind.«

»Hat er die Akte Farnheim gefunden?«

»Er hat mir eben telefonisch die Liste der Zeugen durchgegeben, die nach dem Tod des Grafen verhört worden sind. Ich habe ihn vor allem gebeten, mir genau zu sagen, wer damals in L'Oasis gearbeitet hat. Ich lese Ihnen jetzt die Namen vor:

Antoinette Méjat, 19 Jahre, Zimmermädchen.

Rosalie Moncœur, 42 Jahre, Köchin.

Maria Pinaco, 23 Jahre, Küchenmädchen.

Angelino Luppin, 38 Jahre, Kammerdiener.«

Maigret stand wartend am Fenster und blickte in den sich ausdünnenden Flockenwirbel hinaus. Wie ein Schauspieler legte Lapointe eine Kunstpause ein:

»Oscar Bonvoisin, 35 Jahre, Kammerdiener / Chauffeur.«

»So, so, ein Oscar«, murmelte der Kommissar. »Aber man weiß wohl nicht, was aus den Leuten geworden ist?«

»Genau, aber Inspektor Julien hatte eine gute Idee. Er ist noch nicht lange in Nizza, und ihm ist aufgefallen, wie viele reiche Ausländer dorthin kommen, sich für ein paar Monate elegante Villen mieten und auf großem Fuß leben. Er hat sich überlegt, dass sie von heute auf morgen Personal engagieren müssen. Und tatsächlich hat er dann ein Stellenvermittlungsbüro entdeckt, das sich auf Angestellte für große Häuser spezialisiert hat.

Es wird seit über zwanzig Jahren von einer alten Dame geleitet. Sie erinnert sich nicht mehr an Graf Farnheim oder an die Gräfin und ebenso wenig an Oscar Bonvoisin, aber vor kaum einem Jahr hat sie der Köchin, die zu ihren alten Kunden gehört, eine Stellung vermittelt. Rosalie Moncœur arbeitet jetzt bei Südamerikanern, die eine Villa in Nizza haben und einen Teil des Jahres in Paris verbringen. Ich habe ihre Adresse, Avenue d'Iéna 132. Nach Auskunft der Dame sind sie augenblicklich in Paris.«

»Und von den anderen weiß man nichts?«

»Julien forscht weiter nach. Soll ich ihr einen Besuch abstatten, Chef?«

Maigret war nahe daran, Ja zu sagen, um Lapointe eine Freude zu machen, der sichtlich darauf brannte, die ehemalige Köchin der Farnheims zu verhören.

»Ich gehe selbst hin«, sagte er dann schließlich.

Im Grunde vor allem, weil er frische Luft schnappen wollte, bei der Gelegenheit unterwegs noch ein Bier trinken konnte und aus seinem Büro herauskam, dessen Atmosphäre ihm an diesem Morgen stickig erschienen war.

»Du kannst inzwischen in der Kartei nachsehen, ob etwas gegen einen Oscar Bonvoisin vorliegt. Sieh auch die Meldezettel der Hotels durch. Und ruf bitte außerdem bei den verschiedenen Meldeämtern und Revieren an.«

»Gut, Chef.«

Armer Lapointe! Maigret hatte Gewissensbisse, aber er konnte einfach nicht auf diesen Spaziergang verzichten.

Bevor er ging, öffnete er die Tür zu dem kleinen Zimmer, in dem Torrence und Philippe saßen. Der dicke Torrence hatte seine Jacke ausgezogen, trotzdem stand ihm der Schweiß auf der Stirn. Philippe, der auf der Kante seines Stuhls saß, war leichenblass und sah aus, als würde er im nächsten Augenblick ohnmächtig werden.

Maigret musste keine Fragen stellen. Er wusste, Torrence würde nicht aufgeben und das Verhör notfalls bis in die Nacht oder bis zum nächsten Morgen fortsetzen.

Kaum eine halbe Stunde später hielt ein Taxi vor einem vornehmen Haus in der Avenue d'Iéna. Ein Concierge in dunkler Livree empfing den Kommissar in einer Halle mit Marmorsäulen.

Maigret nannte seinen Namen, fragte, ob Rosalie Moncœur noch im Haus beschäftigt sei, und wurde auf die Lieferantentreppe verwiesen.

»Im dritten Stock.«

Der Kommissar hatte unterwegs noch zwei Bier getrunken, und die Kopfschmerzen waren verschwunden. Er stieg die schmale Wendeltreppe hinauf und zählte dabei halblaut die Stockwerke. Dann läutete er an einer braunen Tür. Eine rundliche Frau mit weißem Haar öffnete ihm und sah ihn erstaunt an.

»Madame Moncœur?«

»Was wollen Sie von ihr?«

»Ich möchte sie sprechen.«

»Das bin ich.«

Sie war gerade am Herd beschäftigt, während ein dunkelhaariges Mädchen eine duftende Masse durch eine Passiermaschine drehte.

»Wenn ich mich nicht täusche, haben Sie für den Grafen und die Gräfin Farnheim gearbeitet.«

»Wer sind Sie?«

»Kriminalpolizei.«

»Sie wollen doch nicht diese alte Geschichte wieder ausgraben?«

»Das nicht gerade. Wissen Sie schon, dass die Gräfin tot ist?«

»Sterben muss schließlich jeder. Aber ich wusste es noch nicht.«

»Es stand heute Morgen in der Zeitung.«

»Meinen Sie, ich komme zum Zeitunglesen? Bei Herrschaften, die fast täglich Diners für fünfzehn bis zwanzig Personen geben?«

»Sie ist ermordet worden.«

»Das ist ja ulkig.«

»Warum finden Sie das ulkig?«

Sie bot ihm keinen Stuhl an und fuhr mit ihrer Arbeit fort, wobei sie mit ihm sprach, als wäre er ein Lieferant. Sie hatte offensichtlich schon einiges erlebt und war nicht leicht zu beeindrucken.

»Keine Ahnung, warum ich das so gesagt habe. Wer hat sie denn ermordet?«

»Das weiß man noch nicht. Ich versuche es herauszubekommen. Haben Sie nach dem Tod des Grafen weiter bei ihr gearbeitet?«

»Nur zwei Wochen. Wir haben uns nicht gut verstanden.«

»Warum?«

Sie vergewisserte sich mit einem Blick, ob das Mädchen seine Sache richtig machte, und öffnete dann den Backofen, um ein Stück Geflügel zu übergießen.

»Weil das keine Arbeit für mich war.«

»Wollen Sie damit sagen, dass es kein seriöses Haus war?«

»Wenn Sie so wollen. Ich liebe meinen Beruf. Mir liegt daran, dass die Leute pünktlich zu Tisch kommen und zu schätzen wissen, was sie essen. Das genügt, Irma. Hol die Eier aus dem Kühlschrank und trenn das Eigelb vom Eiweiß.«

Sie entkorkte eine Flasche Madeira und goss einen tüchtigen Schuss in eine Soße, die sie langsam mit einem Holzlöffel umrührte.

»Erinnern Sie sich an Oscar Bonvoisin?«

Sie blickte ihn an, als wollte sie sagen:

Ach, darauf wollen Sie hinaus.

Aber sie schwieg.

»Haben Sie meine Frage nicht gehört?«

»Ich bin nicht taub.«

»Was war das für ein Mann?«

»Ein Kammerdiener.«

Und weil er sich über ihren Ton erstaunt zeigte, setzte sie hinzu:

»Ich kann Kammerdiener nicht leiden. Die sind alle Faulenzer. Und erst recht, wenn sie zugleich auch Chauffeure sind. Sie glauben, es gäbe im Haus nur sie, und führen sich schlimmer auf als die Herrschaften.«

»War das bei Bonvoisin der Fall?«

»Ich erinnere mich nicht an seinen Familiennamen. Er wurde dort nur Oscar genannt.«

»Wie sah er aus?«

»Hübscher Kerl, und das wusste er auch. Es gibt immer welche, die diesen Typ mögen. Mein Fall war er aber nicht, und das habe ich ihm auch zu verstehen gegeben.«

»Hat er Ihnen den Hof gemacht?«

»Auf seine Art.«

»Was meinen Sie damit?«

»Warum fragen Sie mich das alles?«

»Weil ich es wissen muss.«

»Glauben Sie, dass er der Mörder der Gräfin ist?«

»Das ist nicht ausgeschlossen.«

Von allen dreien fand Irma dieses Gespräch am interessantesten. Sie war so aufgeregt, fast in ein richtiges Verbrechen verwickelt zu sein, dass sie nicht mehr darauf aufpasste, was sie tat.

»Was machst du da? Du sollst doch das Eigelb verrühren.«

»Können Sie mir sein Äußeres beschreiben?«

»Ja, so wie er damals aussah, schon. Wie er heute aussieht, weiß ich allerdings nicht.«

Aber dabei funkelten ihre Augen so seltsam, dass Maigret nachfragte:

»Sind Sie sicher? Haben Sie ihn nie wiedergesehen?«

»Darüber denke ich gerade nach. Ich weiß es nicht genau. Vor wenigen Wochen habe ich meinen Bruder besucht, der ein kleines Café hat, und auf der Straße bin ich einem Mann begegnet, der mir bekannt vorkam. Er hat mich ebenfalls gemustert, als kramte er in seinem Gedächtnis. Dann wandte er plötzlich den Kopf ab und ging schnell weiter.«

»Sie dachten, es sei Oscar?«

»Nicht gleich. Erst hinterher kam mir der Gedanke, und jetzt möchte ich fast schwören, dass er es war.«

»Wo ist das Café ihres Bruders?«

»In der Rue Caulaincourt.«

»Haben Sie den ehemaligen Kammerdiener in einer Straße auf dem Montmartre wiederzuerkennen geglaubt?«

»Es war an der Ecke Place Clichy.«

»Und nun versuchen Sie mir bitte zu beschreiben, wie er ausgesehen hat.«

»Ich verpfeife nicht gern andere Leute.«

»Wollen Sie lieber, dass ein Mörder frei herumläuft?«

»Wenn er die Gräfin ermordet hat, dann ist das kein großes Unglück.«

»Wenn er sie ermordet hat, hat er mindestens noch eine andere umgebracht, und nichts lässt darauf schließen, dass er sich damit begnügt.«

Sie zuckte mit den Schultern.

»Tja, dann ist ihm nicht zu helfen. Er war nicht groß, eher klein. Und das ärgerte ihn so, dass er immer hohe Absätze trug wie eine Frau. Ich habe ihn oft deswegen verspottet, und er hat mich dann immer wütend angesehen, ohne etwas zu erwidern.«

»Sprach er nicht viel?«

»Er war ein verschlossener Mensch, der nie sagte, was er tat oder dachte. Er hatte dichtes dunkelbraunes Haar, das ihm bis in die Stirn wuchs, und dicke schwarze Augenbrauen. Manche Frauen fanden, dass ihm das einen unwiderstehlichen Blick gab. Ich nicht. Er sah einen immer so an, als wäre er sehr zufrieden mit sich, als hielte er sich für den einzigen Menschen auf der Welt und man selbst wäre nur ein Stück Scheiße. Verzeihen Sie den Ausdruck.«

»Das macht nichts. Fahren Sie nur fort.«

Jetzt, da der Damm gebrochen war, gab es kein Halten mehr. Dabei ging sie immerzu in der Küche herum, in der es sehr verführerisch duftete, jonglierte geschickt mit den Töpfen und allen möglichen Geräten und warf hin und wieder einen Blick auf die elektrische Uhr.

»Antoinette hat sich mit ihm eingelassen und war ganz verrückt nach ihm. Und Maria auch.«

»Das Zimmermädchen und das Küchenmädchen?«

»Ja. Und auch die anderen, die vorher da waren. Die Dienstboten blieben nicht lange in diesem Haus. Man wusste nie, wer das Sagen hatte, der Alte oder die Gräfin. Verstehen Sie, was ich meine? Oscar machte ihnen nicht den Hof, wie Sie es eben genannt haben. Sobald ein neues Dienstmädchen da war, blickte er es an, als wollte er es in Besitz nehmen.

Gleich am ersten Abend ging er dann in ihr Zimmer hinauf, als wäre es so vereinbart gewesen.

Es gibt solche Männer, die sich für unwiderstehlich halten.

Antoinette hat viele Tränen vergossen.«

»Warum?«

»Weil sie ihn wirklich geliebt hat und eine Zeit lang gehofft hat, dass er sie heiratet. Aber wenn er bekommen hatte, was er wollte, ging er ohne ein Wort. Am nächsten Tag kümmerte er sich nicht mehr um sie. Kein einziges freundliches Wort, nie die kleinste

Aufmerksamkeit. Bis es dann wieder über ihn kam, und er wieder zu ihnen raufging. Trotzdem konnte er jede haben, nicht nur die vom Personal.«

»Glauben Sie, dass er auch mit der Gräfin etwas gehabt hat?«

»Keine zwei Tage nachdem der Graf ums Leben gekommen war.«

»Woher wissen Sie das?«

»Weil er um sechs Uhr morgens aus ihrem Schlafzimmer kam. Das ist einer der Gründe, weshalb ich gegangen bin. Wenn die Angestellten im Bett der Herrschaft schlafen, hört sich alles auf.«

»Spielte er den Hausherrn?«

»Er machte, was er wollte. Man merkte deutlich, dass ihm niemand mehr etwas vorschreiben konnte.«

»Sind Sie nie auf den Gedanken gekommen, dass der Graf vielleicht ermordet wurde?«

»Das ging mich nichts an.«

»Aber gedacht haben Sie's?«

»Hat die Polizei das nicht auch gedacht? Warum hätte man uns damals sonst verhört?«

»Hätte es Oscar sein können?«

»Das habe ich nicht gesagt. Sie war wahrscheinlich ebenso dazu fähig wie er.«

»Haben Sie weiter in Nizza gearbeitet?«

»In Nizza und in Monte Carlo. Ich mag das Klima im Süden, in bin jetzt nur in Paris, weil ich meiner Herrschaft gefolgt bin.«

»Haben Sie später noch mal von der Gräfin gehört?«

»Ich habe sie ein- oder zweimal im Vorbeigehen gesehen, aber wir suchen nicht dieselben Orte auf.«

»Und Oscar?«

»Den habe ich dort unten nie wiedergesehen. Ich glaube nicht, dass er an der Côte d'Azur geblieben ist.«

»Aber Sie glauben, ihn vor wenigen Wochen gesehen zu haben. Beschreiben Sie ihn mir!«

»Man merkt, dass Sie von der Polizei sind. Sie glauben, wenn man jemandem auf der Straße begegnet, hat man nichts Wichtigeres zu tun, als sich zu merken, wie er aussieht.«

»Ist er gealtert?«

»Genau wie ich. Wir sind alle fünfzehn Jahre älter geworden.«

»Also ist er jetzt über fünfzig.«

»Ich bin fast zehn Jahre älter als er. Drei oder vier Jahre werde ich noch für andere Leute arbeiten, und dann ziehe ich mich in ein Häuschen zurück, das ich mir in Cagnes gekauft habe und wo nur noch für mich gekocht wird: Spiegeleier und Koteletts.«

»Erinnern Sie sich noch, was er anhatte?«

»An der Place Clichy?«

»Ja.«

»Dunkel, nicht gerade schwarz, aber dunkel eben. Er trug einen dicken Mantel und Handschuhe. Die

Handschuhe sind mir besonders aufgefallen. Er sah sehr elegant aus.«

»Und seine Haare?«

»Mitten im Winter ging er natürlich nicht mit dem Hut in der Hand.«

»War er an den Schläfen grau?«

»Ich glaube. Aber das war es nicht, was mich so verwundert hat.«

»Sondern was?«

»Dass er dick geworden ist. Er hatte immer breite Schultern und zeigte sich gern mit nacktem Oberkörper, weil er sehr muskulös war, und das macht auf viele Frauen Eindruck. Angezogen wirkte er gar nicht einmal so stark. Wenn der Mann wirklich Oscar war, dann hat er jetzt etwas von einem Stier. Er hat einen dicken Hals bekommen und wirkt jetzt noch kleiner.«

»Haben Sie später noch etwas von Antoinette gehört?«

»Sie ist bald darauf gestorben.«

»Woran?«

»An einer Fehlgeburt. Jedenfalls hat man das erzählt.«

»Und Maria Pinaco?«

»Ich weiß nicht, ob sie das jetzt noch macht, aber als ich sie das letzte Mal sah, ging sie in Nizza auf dem Cours Albert-Ier auf den Strich.«

»Ist das lange her?«

»Zwei Jahre. Vielleicht auch etwas länger.«

Nun war sie doch neugierig geworden und fragte:

»Wie ist die Gräfin ermordet worden?«

»Erdrosselt.«

Sie sagte nichts, doch man sah ihr an, dass das durchaus zu Oscars Charakter passen könnte.

»Und die andere, wer ist das?«

»Ein Mädchen, das Sie bestimmt nicht gekannt haben. Sie war erst zwanzig Jahre alt.«

»Sehr freundlich von Ihnen, mich daran zu erinnern, dass ich eine alte Frau bin.«

»Das wollte ich damit nicht sagen. Sie stammt aus Lisieux, und es ist kaum anzunehmen, dass sie je an der Côte d'Azur gewesen ist. Ich weiß nur, dass sie einmal in La Bourboule war.«

»In der Nähe von Mont-Dore?«

»Ja, in der Auvergne.«

Plötzlich sah sie Maigret seltsam an, als wäre sie schon einen Schritt weiter.

»Da ich nun schon angefangen habe auszupacken …«, murmelte sie. »Oscar stammte aus der Auvergne. Ich weiß nicht genau, woher, aber er hatte einen leichten Dialekt, und wenn ich ihn ärgern wollte, hänselte ich ihn deswegen. Er wurde dann jedes Mal blass vor Wut. Aber nun muss ich Sie leider hinauswerfen, denn die Herrschaft geht in einer halben Stunde zu Tisch, und ich brauche jetzt die Küche für mich allein.«

»Ich komme vielleicht noch einmal wieder.«

»Wenn Sie dann nicht unangenehmer sind als heute, soll's mir recht sein. Wie heißen Sie eigentlich?«

»Maigret.«

Das Küchenmädchen, das offenbar Zeitung las, zuckte zusammen, aber die Köchin hatte gewiss noch nie von ihm gehört.

»*Maigret*, maigre … mager also, das kann ich mir leicht merken, vor allem, weil Sie ja eher füllig sind. Übrigens, da fällt mir ein, um die Sache mit Oscar abzuschließen: Er hat ungefähr Ihre Statur, ist aber einen Kopf kleiner. Hilft Ihnen das?«

»Haben Sie jedenfalls besten Dank.«

»Keine Ursache. Aber falls Sie ihn verhaften, möchte ich nicht als Zeugin vernommen werden. Der Herrschaft gefällt so etwas nicht. Und die Anwälte stellen einen Haufen Fragen, um einen lächerlich zu machen. Ich hab das einmal erlebt und mir geschworen, es nie weder zu tun. Rechnen Sie also nicht mit mir.«

Sie schloss leise die Tür hinter ihm. Maigret musste die ganze Straße hinuntergehen, bis er ein Taxi fand. Statt zum Quai des Orfèvres zu fahren, ließ er sich nach Hause bringen, um dort zu Mittag zu essen.

Gegen halb drei war er wieder in seinem Büro. Es schneite nicht mehr, und die Straßen waren mit einer dünnen Schicht dunklem Matsch bedeckt.

Als er die Tür zum Kabuff öffnete, schlug ihm

dichter blauer Qualm entgegen. Im Aschenbecher lagen mindestens zwanzig Zigarettenstummel. Torrence hatte sie geraucht, denn Philippe war Nichtraucher. Auf dem Tisch stand außerdem ein Tablett mit Sandwichresten und fünf leeren Biergläsern.

»Komm doch mal einen Augenblick.«

Nebenan wischte sich Torrence den Schweiß ab, entspannte sich ein wenig und seufzte:

»Der Kerl geht mir auf die Nerven. Ich bekomme ihn einfach nicht zu packen. Zweimal dachte ich schon, er macht endlich den Mund auf. Ich bin sicher, dass er etwas weiß. Mal scheint er mit seiner Widerstandskraft am Ende zu sein und mit den Augen um Gnade zu flehen, aber dann überlegt er es sich doch wieder anders und schwört von Neuem, er wisse von nichts. Ich hab die Schnauze voll. Und eben hat er mich so gereizt, dass ich ihm eine gelangt habe. Wissen Sie, was er da gemacht hat?«

Maigret sagte nichts.

»Er hat sich an die Backe gefasst und laut gewimmert, als würde er mit einer anderen Tunte reden:

›Wie gemein Sie sind.‹

Das mach ich nicht noch mal, ich wette, er hat sogar Spaß dabei.«

Maigret konnte sich ein Grinsen nicht verkneifen.

»Soll ich weitermachen?«

»Versuch's noch mal. Wir probieren nachher etwas anderes. Hat er gegessen?«

»Er hat mit spitzen Zähnen an einem Sandwich geknabbert und dabei den kleinen Finger gespreizt. Man merkt, dass ihm das Morphium fehlt. Vielleicht würde er reden, wenn ich ihm welches versprechen könnte. Beim Rauschgiftdezernat haben sie doch sicher was.«

»Ich werde mit dem Chef sprechen. Aber sag ihm noch nichts. Frag ihn erst mal weiter aus.«

Torrence blickte sich in der vertrauten Umgebung um, holte noch einmal tief Luft und verschwand dann wieder in der deprimierenden Atmosphäre des Kabuffs.

»Was Neues, Lapointe?«

Lapointe hatte seit dem Morgen das Telefon nicht mehr aufgelegt und sich wie Torrence mit einem Sandwich und einem Glas Bier begnügt.

»Ein Dutzend Bonvoisins, aber kein Oscar Bonvoisin.«

»Versuch's mal in La Bourboule. Vielleicht hast du da mehr Glück.«

»Haben Sie eine Spur?«

»Vielleicht.«

»Die Köchin?«

»Sie glaubt, dass sie ihm neulich in Paris begegnet ist, und was noch interessanter ist, auf dem Montmartre.«

»Warum gerade La Bourboule?«

»Zum einen, weil er aus der Auvergne kommt, und

zum anderen, weil Arlette dort vor ein paar Jahren eine folgenreiche Bekanntschaft gemacht zu haben scheint.«

Maigret glaubte selbst nicht recht daran.

»Von Lognon auch nichts Neues?«

Er rief im Revier in der Rue de La Rochefoucauld an, aber Inspektor Lognon war dort nur kurz hereingeschneit.

»Er hat gesagt, er arbeite für Sie und werde den ganzen Tag unterwegs sein.«

Seine Pfeife rauchend, ging Maigret eine Viertelstunde lang in Gedanken versunken in seinem Zimmer auf und ab. Dann schien er einen Entschluss gefasst zu haben und begab sich ins Büro des Chefs.

»Was gibt's Neues, Maigret? Sie waren ja heute nicht beim Rapport?«

»Ich habe geschlafen«, gestand er unumwunden.

»Haben Sie schon die Zeitung gelesen, die eben herausgekommen ist?«

Maigret deutete mit einer Handbewegung an, dass ihn das nicht interessierte.

»Die fragen sich, ob noch andere Frauen erdrosselt werden könnten.«

»Das glaube ich nicht.«

»Warum nicht?«

»Weil es kein Verrückter war, der die Gräfin und Arlette umgebracht hat, sondern, im Gegenteil, ein Mann, der genau weiß, was er tut.«

»Wissen Sie, wer es war?«

»Vielleicht, wahrscheinlich sogar.«

»Denken Sie, dass Sie ihn noch heute fassen?«

»Dazu müsste man wissen, wo er sich versteckt, und bisher habe ich nicht die leiseste Idee. Aber höchstwahrscheinlich irgendwo auf dem Montmartre. Eine Möglichkeit gibt es allerdings, die ein weiteres Opfer fordern könnte.«

»Und die wäre?«

»Falls sich Arlette jemandem anvertraut hat. Zum Beispiel einer ihrer Kolleginnen aus dem Picratt's, Betty oder Tania.«

»Haben Sie sie verhört?«

»Sie schweigen. Fred, der Wirt, schweigt. Heuschrecke schweigt. Und Philippe, dieses elende Wrack, schweigt ebenfalls, obwohl er seit heute früh verhört wird. Der weiß etwas, dafür möchte ich meine Hand ins Feuer legen. Er hat die Gräfin regelmäßig besucht. Sie hat ihm sein Morphium beschafft.«

»Woher hatte sie es?«

»Von ihrem Arzt.«

»Haben Sie ihn festgenommen?«

»Noch nicht. Das ist Sache des Rauschgiftdezernats. Seit einer Stunde frage ich mich, ob ich etwas riskieren soll oder nicht.«

»Was riskieren?«

»Dass wir noch eine Leiche am Hals haben. Und

deswegen brauche ich auch Ihren Rat. Ich zweifle nicht daran, dass wir diesen Bonvoisin, der höchstwahrscheinlich die beiden Frauen ermordet hat, irgendwann mit den üblichen Methoden fassen werden. Aber das kann Tage oder sogar Wochen dauern. Es ist im Grunde eine Frage des Zufalls. Und wenn ich mich nicht sehr täusche, ist der Kerl mit allen Wassern gewaschen. Bis wir ihm Handschellen angelegt haben, könnte er noch eine oder mehrere Personen umbringen, die zu viel wissen.«

»Aber welches Risiko möchten Sie eingehen?«

»Ich habe nicht gesagt, dass ich es möchte.«

Der Chef lächelte.

»Erklären Sie das.«

»Wenn Philippe etwas weiß, wovon ich überzeugt bin, muss Oscar jetzt sehr beunruhigt sein. Ich brauche nur den Zeitungen mitzuteilen, dass er stundenlang ohne Ergebnis verhört und dann wieder freigelassen worden ist.«

»Ich glaube, langsam verstehe ich.«

»Die eine Möglichkeit ist, dass Philippe dann gleich zu Oscar rennt, aber damit rechne ich eigentlich nicht. Es sei denn, dass er sich nur auf diesem Weg Morphium beschaffen kann, das er mittlerweile dringend braucht.«

»Und die andere Möglichkeit?«

Der Chef hatte es bereits erraten.

»Sie haben's schon verstanden. Ein Süchtiger ist

zu allem fähig. Philippe hat noch nichts verraten, aber das bedeutet nicht, dass er weiter schweigt, und Oscar weiß das.«

»Und wird deshalb versuchen, ihn umzubringen.«

»So ist es. Ich wollte dieses Risiko nicht eingehen, ohne mit Ihnen gesprochen zu haben.«

»Glauben Sie, dass Sie ihn schützen können?«

»Ich werde alle erdenklichen Vorsichtsmaßnahmen treffen. Bonvoisin ist nicht der Mann, der einen Revolver benutzt. Das macht zu viel Lärm, und Lärm scheint er nicht zu mögen.«

»Wann wollen Sie den Zeugen gehen lassen?«

»Bei Anbruch der Dunkelheit. Man kann ihn dann unauffälliger überwachen. Ich werde so viele Männer einsetzen wie zu seinem Schutz erforderlich. Ja, und wenn er trotzdem dran glauben muss, nun, dann ist das wohl kein großer Verlust.«

»Mir wär's lieber, wenn sich das vermeiden ließe.«

»Mir auch.«

Sie schwiegen einen Augenblick. Dann seufzte der Chef und sagte:

»Es ist Ihr Fall, Maigret. Viel Glück!«

»Sie hatten recht, Chef.«

»Erzähl!«

Lapointe war so glücklich, eine wichtige Rolle bei dieser Untersuchung zu spielen, dass er darüber Arlettes Tod fast vergaß.

»Ich habe sofort Auskunft bekommen. Oscar Bonvoisin ist in Mont-Dore geboren, wo sein Vater Hotelportier war. Seine Mutter hat im selben Haus als Zimmermädchen gearbeitet. Er selbst hat dort als Page begonnen. Dann hat er die Gegend verlassen und ist erst vor etwa zehn Jahren wieder zurückgekehrt. Er hat sich ein Haus gekauft, nicht in Mont-Dore selbst, sondern ganz in der Nähe, in La Bourboule.«

»Ist das sein Hauptwohnsitz?«

»Nein, er verbringt dort nur einen Teil des Sommers, und manchmal kommt er auch im Winter für ein paar Tage.«

»Ist er verheiratet?«

»Er ist immer noch Junggeselle. Seine Mutter lebt noch.«

»Im Haus ihres Sohnes?«

»Nein. Sie hat eine kleine Wohnung in der Stadt. Man nimmt an, dass er für ihren Unterhalt aufkommt. Er gilt als einigermaßen vermögend, und es heißt, er habe eine gute Stellung in Paris.«

»Die Personenbeschreibung?«

»Passt genau.«

»Hast du Lust auf einen Spezialauftrag?«

»Das wissen Sie doch genau, Chef.«

»Selbst, wenn er ziemlich gefährlich ist und du damit eine große Verantwortung übernimmst?«

Die Erinnerung an seine Liebe zu Arlette schien

plötzlich wieder heiß in ihm aufgestiegen zu sein, denn mit etwas zu viel Leidenschaft sagte er:

»Es ist mir egal, wenn ich dabei sterbe.«

»Gut. Aber darum geht es nicht, sondern darum zu verhindern, dass ein anderer umgebracht wird. Und dafür darf man dir auf keinen Fall ansehen, dass du von der Polizei bist.«

»Glauben Sie, das tut man?«

»Geh in die Kleiderkammer. Such dir die Kleidung eines professionellen Arbeitslosen aus, der Arbeit immer nur in der Hoffnung sucht, keine zu finden. Besser eine Mütze als einen Hut. Es darf vor allem nicht übertrieben wirken.«

Maigret gab Janvier, der inzwischen zurückgekommen war, ähnliche Anweisungen.

»Man muss dich für einen Angestellten halten, der von der Arbeit kommt.«

Dann wählte er noch zwei Inspektoren aus, die Philippe noch nicht gesehen hatte.

Er rief alle vier in sein Büro und erklärte ihnen vor einer Karte von Montmartre, was sie tun sollten.

Es würde schnell dunkel. Am Quai und am Boulevard Saint-Michel brannten schon die Laternen.

Maigret überlegte, ob er warten sollte, bis es ganz dunkel geworden war, aber in den verlassenen Straßen wäre es schwieriger, Philippe zu folgen, ohne dass er und vor allem Bonvoisin es merkten.

»Kommst du mal einen Augenblick, Torrence?«

Torrence kochte vor Wut:

»Ich geb's auf. Mir ist schon ganz übel von diesem Kerl. Jetzt soll's mal ein anderer versuchen, jemand mit einem besseren Magen. Aber ich …«

»In fünf Minuten ist es vorbei.«

»Wir lassen ihn laufen?«

»Sobald die Spätausgaben erschienen sind.«

»Was haben die Zeitungen mit ihm zu tun?«

»Sie werden melden, dass er stundenlang ohne jedes Ergebnis verhört worden ist.«

»Ach so, ich verstehe.«

»Du kannst ihn jetzt noch ein bisschen ins Gebet nehmen. Dann setzt du ihm seinen Hut auf den Kopf und schmeißt ihn raus, und sagst ihm, dass er sich besser zusammenreißen soll.«

»Soll ich ihm seine Spritze zurückgeben?«

»Seine Spritze und sein Geld.«

Torrence sah zu den vier wartenden Inspektoren.

»Ach, deswegen haben sie sich diese Karnevalskostüme angezogen?«

Einer der Männer holte ein Taxi, in dem er unweit des Eingangs zur Kriminalpolizei wartete. Die anderen bezogen Posten an strategisch wichtigen Punkten.

Maigret hatte sich unterdessen mit dem Rauschgiftdezernat und dem Revier in der Rue de La Rochefoucauld in Verbindung gesetzt.

Durch die absichtlich offen gelassene Tür zum Kabuff hörte man jetzt Torrence' Stimme, dem es eine

Freude war, Philippe ins Gesicht zu brüllen, was er von ihm hielt.

»Nicht mal mit einer Feuerzange möchte man dich anfassen. Dir würde das am Ende noch gefallen. Und jetzt muss ich das ganze Büro desinfizieren lassen. Nimm deinen Dreckfetzen von Mantel und setz deinen Hut auf.«

»Soll das heißen, dass ich gehen kann?«

»Ich kann dir nur sagen, ich habe deinen Anblick satt. Wir alle haben dich satt. Wir haben die Schnauze voll, verstehst du? Nimm deine Lumpen und verschwinde, du Widerling.«

»Sie brauchen mich nicht anzupöbeln.«

»Ich pöble dich nicht an.«

»Sie schreien mich an ...«

»Mach, dass du rauskommst!«

»Ich geh ja schon, ich geh ja schon ... Schönen Dank auch.«

Eine Tür öffnete sich und schlug laut zu. Der Flur der Kriminalpolizei war um diese Zeit leer. Nur in dem schlecht beleuchteten Vorzimmer warteten noch zwei oder drei Personen.

Philippes Silhouette zeichnete sich in dem langen staubigen Gang ab. Er sah aus wie ein Insekt auf der Suche nach einem Ausweg.

Maigret, der ihm durch den schmalen Spalt seiner Tür nachblickte, sah ihn endlich im Treppenhaus verschwinden.

Dennoch war ihm nicht ganz wohl zumute. Er schloss die Tür und drehte sich zu Torrence um, der erleichtert aufatmete wie ein Schauspieler, der in seine Garderobe zurückkehrt. Torrence bemerkte trotzdem, dass der Kommissar besorgt und unruhig war.

»Glauben Sie, er wird umgebracht?«

»Ich hoffe, dass es jemand versucht, ohne dass es ihm gelingt.«

»Seine erste Sorge wird sein, sich schnellstens Morphium zu beschaffen.«

»Ja.«

»Wissen Sie, wo?«

»Bei Doktor Bloch.«

»Wird der ihm was geben?«

»Ich habe es ihm untersagen lassen, und er wird nicht wagen, dagegen zu verstoßen.«

»Und dann?«

»Das weiß ich auch nicht. Ich fahre jetzt zum Montmartre. Die Männer wissen, wo sie mich erreichen können. Du bleibst hier. Wenn irgendwas ist, ruf mich im Picratt's an.«

»Mit anderen Worten, ich darf mich wieder an ein paar Sandwiches erfreuen. Aber das macht mir nichts, solange ich dabei nicht diese Tunte vor mir habe.«

Maigret nahm Hut und Mantel und steckte zwei von den Pfeifen auf seinem Schreibtisch in die Tasche.

Bevor er sich von einem Taxi in die Rue Pigalle fahren ließ, ging er in die Brasserie Dauphine und trank einen Cognac. Sein Kater war weg, aber er ahnte, dass er am nächsten Morgen wieder einen haben würde.

8

Endlich hatte man Arlettes Fotos aus dem Schaukasten genommen. Ein anderes Mädchens ersetzte sie jetzt, vermutlich mit der gleichen Nummer, vielleicht sogar in dem Kleid, das sie getragen hatte.

Aber Betty hatte recht, es war eine schwierige Rolle. Obwohl die Neue jung und mollig war, ja als hübsch bezeichnet werden konnte, hatte selbst das Foto, die Art, wie sie posierte, etwas provozierend Ordinäres, das an obszöne Postkarten denken ließ oder ein bisschen auch an die schlecht gemalten Nackten auf den Leinwänden von Jahrmarktsbuden.

Maigret brauchte die Tür nur aufzustoßen. An der Bar brannte eine Lampe und eine andere im Hintergrund, dazwischen lag alles im Dämmerlicht. Und ganz am Ende des Saals saß Fred in einem weißen Rollkragenpullover, eine Hornbrille auf der Nase, und las die Abendzeitung.

Die Wohnung war so klein, dass die Alfonsis tagsüber das Lokal als Ess- und Wohnzimmer benutzten. Vielleicht kamen aber auch schon nachmittags Bekannte oder Freunde, um ein Glas an der Bar zu trinken.

Fred sah Maigret über seine Brille hinweg entgegen, erhob sich aber nicht, sondern reichte ihm nur seine Pranke und forderte ihn mit einer Geste auf, Platz zu nehmen.

»Ich dachte schon, dass Sie kommen würden«, sagte er.

Er verriet nicht, warum, und Maigret fragte ihn nicht. Fred las den Bericht über den Fortgang der Ermittlungen zu Ende, nahm dann die Brille ab und fragte:

»Was möchten Sie trinken? Einen Cognac?«

Er ging zur Bar, füllte zwei Gläser und setzte sich dann mit einem wohligen Seufzer hin, wie jemand, der froh ist, in den eigenen vier Wänden zu sein. Über ihren Köpfen hörten beide Schritte.

»Ist Ihre Frau oben?«, fragte der Kommissar.

»Sie gibt der Neuen Unterricht.«

Irgendwie gelang es Maigret, nicht zu lächeln bei der Vorstellung, wie die dicke Rose dem Mädchen demonstrierte, wie man sich erotisch entkleidete.

»Interessiert Sie das nicht?«, fragte er Fred.

Der Wirt zuckte mit den Schultern.

»Das ist zwar eine hübsche Kleine, mit schöneren Brüsten als Arlette und frischerer Haut. Aber es ist einfach nicht das Wahre.«

»Warum wollten Sie mir weismachen, dass Sie mit Arlette nur in der Küche Verkehr hatten?«

Fred wirkte nicht verlegen.

»Haben Sie die Inhaber der kleinen Hotels verhört? Ich musste Ihnen das wegen meiner Frau sagen. Es hätte ihr nur Kummer gemacht. Sie lebt immer in der Angst, ich würde sie eines Tages wegen einer Jüngeren verlassen.«

»Hätten Sie sie wegen Arlette verlassen?«

Fred sah Maigret in die Augen.

»Wenn sie das von mir verlangt hätte, ja.«

»Sie waren verrückt nach ihr?«

»Nennen Sie es, wie Sie wollen. Ich habe Hunderte, vielleicht sogar Tausende von Frauen in meinem Leben gehabt. Ich hab mir nicht die Mühe gemacht, sie zu zählen. Aber so wie sie war keine.«

»Haben Sie ihr vorgeschlagen, sich mit Ihnen zusammenzutun?«

»Ich habe ihr zu verstehen gegeben, dass mir das nicht schlecht gefallen würde und es nicht zu ihrem Nachteil wäre.«

»Hat sie abgelehnt?«

Fred seufzte und trank einen Schluck Cognac, nachdem er sein Glas prüfend vors Auge gehalten hatte.

»Hätte sie nicht abgelehnt, würde sie wahrscheinlich noch leben. Sie wissen so gut wie ich, dass sie jemanden hatte. Wie er sie an sich binden konnte, habe ich noch nicht herausbekommen.«

»Haben Sie's versucht?«

»Ich bin ihr sogar mal nachgegangen.«

»Ohne Ergebnis?«

»Sie war ausgekochter als ich. Was hatten Sie denn mit dieser Tunte vor?«

»Kennen Sie Philippe?«

»Nein, aber ich kenne genügend von denen. Hin und wieder verläuft sich mal einer ins Picratt's, aber das ist eine Klientel, die ich nicht besonders schätze. Glauben Sie, dass dabei was rauskommt?«

Jetzt war es an Maigret, mit Schweigen zu antworten. Fred wusste offenbar, was gespielt wurde. Sie waren beinahe Kollegen. Sie arbeiteten in der gleichen Branche, nur auf unterschiedliche Art und aus unterschiedlichen Gründen.

»Es gibt einige Dinge zu Arlette, die Sie mir nicht erzählt haben«, sagte der Kommissar milde.

Ein Lächeln huschte über Freds Lippen.

»Haben Sie schon erraten, was?«

»Ich kann mir denken, um welche Art von Dingen es ging.«

»Nun, die Gelegenheit ist günstig, solange meine Frau oben ist. Auch wenn die Kleine tot ist, vor Rose spreche ich nicht gern von ihr. Unter uns gesagt, ich glaube nicht, dass ich Rose irgendwann verlassen werde. Man ist so aneinander gewöhnt. Ich würde nicht mehr ohne sie auskommen. Selbst wenn ich mit Arlette auf und davon gegangen wäre, ich wäre wohl wieder zu ihr zurückgekehrt.«

Das Telefon läutete. Eine Kabine gab es hier nicht.

Der Apparat befand sich im Waschraum, und Maigret erhob sich und sagte:

»Das ist für mich.«

Er hatte sich nicht getäuscht. Es war Lapointe.

»Sie hatten recht, Chef. Er ist sofort zu Doktor Bloch gegangen. Er hat den Bus genommen, ist nur ein paar Minuten oben geblieben und dann noch ein bisschen bleicher rausgekommen. Jetzt geht er gerade Richtung Place Blanche.«

»Sonst alles in Ordnung?«

»Alles in Ordnung. Machen Sie sich keine Sorgen.«

Maigret ging zurück an den Tisch, und Fred stellte keine Fragen.

»Sie wollten mir von Arlette erzählen.«

»Ich hatte immer den Eindruck, dass sie aus gutem Haus stammt und ausgerissen ist. Genauer gesagt, hat Rose mich auf dies und jenes aufmerksam gemacht, auf das ich nicht geachtet hatte. Ich habe auch vermutet, dass sie jünger war, als sie vorgab. Wahrscheinlich hat sie ihren Personalausweis mit dem einer älteren Freundin getauscht.«

Fred sprach bedächtig, als hinge er angenehmen Erinnerungen nach. Wie ein Tunnel lag vor ihnen der schummrige schlauchartige Raum, an dessen Ende, neben der Tür, das Holz der Bar im Licht der Lampe glänzte.

»Was ich Ihnen sagen möchte, lässt sich schwer in Worte fassen. Es gibt Mädchen, die ein Gespür für die Liebe in sich haben, und ich habe blutjunge Mädchen gekannt, die verruchter waren als alte Huren. Aber Arlette war ganz anders.

Ich weiß nicht, wer der Kerl ist, der ihr das alles beigebracht hat, aber ich ziehe meinen Hut vor ihm. Ich kenne mich aus, das hab ich Ihnen ja schon gesagt, und wenn ich sage, dass ich nie einer Frau begegnet bin wie ihr, dann können Sie mir das glauben.

Er hat ihr alles beigebracht. Aber sie kannte auch Tricks, von denen ich selbst keine Ahnung hatte. Und das in meinem Alter! Bei dem Leben, das ich geführt habe! Ich war ganz hin und weg.

Und es hat ihr Spaß gemacht, dafür lege ich meine Hand ins Feuer. Nicht nur mit allen möglichen Männern ins Bett zu gehen, sondern auch ihre Nummer vorzuführen, die Sie leider nicht gesehen haben.

Ich habe Frauen von fünfunddreißig oder vierzig gekannt – meistens hatten sie einen Knall –, die Freude daran hatten, die Männer heißzumachen. Ich habe ganz junge Mädchen gekannt, die mit dem Feuer spielten. Aber nie ein Mädchen wie sie. Nie eine mit solcher Leidenschaft.

Ich weiß, ich habe mich schlecht ausgedrückt. Aber ich kann es Ihnen nicht besser erklären.

Sie haben mich nach einem Mann namens Oscar gefragt. Ich weiß nicht, ob es ihn gibt. Ich weiß nicht, wer er ist. Aber sicher ist, dass Arlette in festen Händen war und an der kurzen Leine gehalten wurde.

Glauben Sie, dass sie diesen Mann plötzlich satthatte und ihn verpfiffen hat?«

»Als sie um vier Uhr morgens in der Rue de La Rochefoucauld auftauchte, wusste sie, dass ein Verbrechen geplant war und dass es sich um eine Gräfin handelte.«

»Und warum hat sie erzählt, sie habe das hier erfahren, aus dem Gespräch von zwei Männern?«

»Nun, sie war eben betrunken. Und wahrscheinlich hat sie sich zu diesem Schritt entschlossen, weil sie so viel getrunken hatte.«

»Oder sie hat sich Mut antrinken wollen.«

»Ich frage mich«, murmelte Maigret, »ob ihre Beziehung zu dem jungen Albert ...«

»Sagen Sie mal, ich habe gehört, das sei einer Ihrer Inspektoren.«

»Ich hatte auch keine Ahnung davon. Er war wirklich in sie verliebt.«

»Das habe ich gemerkt.«

»Es gibt keine Frau, die für Romantik ganz unempfänglich ist. Er hat sie gedrängt, ein anderes Leben zu beginnen, und wenn sie gewollt hätte, dann hätte er sie geheiratet.«

»Glauben Sie, dass sie dadurch ihren Oscar leid geworden ist?«

»Jedenfalls hat sie aufbegehrt und ist zum Revier gegangen. Aber zu viel wollte sie nicht sagen. Sie ließ ihm noch eine Chance, den Kopf aus der Schlinge zu ziehen, indem sie ihn nur sehr vage beschrieb und bloß seinen Vornamen nannte.«

»Trotzdem gemein, finden Sie nicht auch?«

»Vielleicht, aber bei der Polizei hat sie dann ihren Entschluss bereut. Es hat sie überrascht, dass man sie festgehalten und zum Quai des Orfèvres gebracht hat. Und als sie wieder fast nüchtern war, hat sie noch viel ungenauere Angaben gemacht und hätte wohl am liebsten so getan, als hätte sie sich das alles nur ausgedacht.«

Fred nickte. »Typisch Frau ... Ich möchte bloß wissen, wie der Kerl davon erfahren hatte. Denn er war vor ihr in der Rue Notre-Dame-de-Lorette und hat sie dort erwartet.«

Maigret betrachtete schweigend seine Pfeife.

»Ich wette«, fuhr Fred fort, »Sie haben geglaubt, ich kenne ihn und will es nur nicht sagen.«

»Vielleicht.«

»Sie haben sogar einen Augenblick gedacht, dass ich es war.«

Maigret musste lächeln.

»Ich habe mich gefragt«, setzte der Wirt hinzu, »ob die Kleine nicht absichtlich eine Personenbeschreibung gegeben hat, die fast auf mich passt, während der Kerl eigentlich ganz anders aussieht.«

»Nein, die Beschreibung stimmt.«

»Kennen Sie den Mann?«

»Er heißt Oscar Bonvoisin.«

Fred zuckte nicht mit der Wimper. Der Name sagte ihm offensichtlich nichts.

»Ein gerissener Kerl«, sagte er dann. »Wer es auch ist, ich ziehe meinen Hut vor ihm. Ich dachte, ich kenne den Montmartre wie meine Westentasche. Ich habe mit Heuschrecke darüber gesprochen, der hier seine Nase in alles reinsteckt. Arlette hat zwei Jahre lang bei mir gearbeitet. Sie wohnte nur ein paar Hundert Meter von hier entfernt. Wie gesagt, ich bin ihr sogar nachgegangen, weil ich neugierig war. Finden Sie es nicht merkwürdig, dass man von diesem Kerl nichts weiß?«

Er schlug mit der Hand auf die vor ihm ausgebreitete Zeitung.

»Er hat auch mit der alten verrückten Gräfin verkehrt. Und Frauen wie die übersieht man nicht. Die gehören zu einem ganz eigenen Milieu, in dem sich mehr oder weniger alle kennen. Aber Ihre Männer scheinen auch nicht mehr zu wissen als ich. Lognon war vorhin hier und hat versucht, mir die Würmer aus der Nase zu ziehen, aber es gibt keine Würmer!«

Wieder läutete das Telefon.

»Sind Sie's, Chef? Ich bin am Boulevard Clichy. Er ist eben in die Brasserie an der Ecke Rue Lepic gegangen und zwischen den Tischen herumgelaufen, als würde er jemanden suchen. Er scheint enttäuscht zu sein. Daneben ist noch eine andere Brasserie. Er hat dort erst das Gesicht ans Fenster gepresst, dann ist er rein und gleich in den Waschraum. Janvier ist ihm sofort gefolgt und hat die Toilettenfrau verhört. Er soll gefragt haben, ob ein gewisser Bernard etwas für ihn hinterlassen hat.«

»Hat sie gesagt, wer Bernard ist?«

»Sie behauptet, sie wisse es nicht.«

Mit Sicherheit ein Dealer.

»Er geht jetzt zur Place Clichy.«

Maigret hatte kaum aufgelegt, als das Telefon von Neuem klingelte. Diesmal war es die Stimme von Torrence.

»Hören Sie, Chef, als ich zum Lüften in das Kabuff ging, bin ich gegen Philippes Koffer gestoßen. Wir haben vergessen, ihm den Koffer wiederzugeben. Glauben Sie, er holt ihn ab?«

»Nicht bevor er Morphium aufgetrieben hat.«

Als Maigret in den Saal zurückkam, standen Madame Rose und Arlettes Nachfolgerin mitten auf der Tanzfläche. Fred hatte sich wie ein Gast in eine der Nischen gesetzt und machte Maigret ein Zeichen, es ihm gleichzutun.

»Sie proben noch!«, sagte er mit einem Zwinkern.

Die Neue war blutjung, hatte lockiges blondes Haar und eine rosige Haut wie ein Baby oder ein Mädchen vom Land. Ihr Fleisch war fest, ihr Blick naiv.

»Kann ich anfangen?«, fragte sie.

Es gab keine Musik, und auch der Scheinwerfer

war nicht eingeschaltet. Fred hatte nur eine weitere Lampe über der Tanzfläche angeknipst. Er schlug mit der Hand den Takt und begann das Lied zu trällern, zu dem sich Arlette immer ausgezogen hatte.

Rose begrüßte Maigret und erklärte dann dem Mädchen durch Zeichen, was es zu tun hatte.

Linkisch vollführte die Kleine etwas, das wie Tanzschritte aussehen sollte, wobei sie sich so viel wie möglich wand. Dann begann sie sehr langsam das lange schwarze Kleid zu öffnen, das für ihre Figur abgeändert worden war.

Der Blick, den Fred dem Kommissar zuwarf, sprach Bände. Sie lachten beide nicht, bemühten sich, nicht einmal zu lächeln. Erst wurden Schultern sichtbar, und dann eine Brust, die in ihrer Nacktheit in dieser Atmosphäre besonders seltsam wirkte.

Rose gab ihr mit der Hand zu verstehen, einen Augenblick in dieser Stellung zu verharren, und das Mädchen hielt die Augen unverwandt auf diese Hand gerichtet.

»So, und nun einmal ganz herum um die Tanzfläche«, kommandierte Fred, der sofort wieder zu trällern begann. »Nicht so schnell ... Tra la la la ... Gut!«

Roses Hand winkte: Jetzt die andere Brust.

Die großen Brustwarzen waren rosa. Das Kleid glitt weiter herunter, bald sah man den Bauchnabel, und dann ließ das Mädchen mit einer unbeholfenen

Bewegung das Kleid ganz fallen, stand splitternackt mitten auf der Tanzfläche und hielt beide Hände vor den Schoß.

»Na ja, für heute reicht's«, seufzte Fred. »Du kannst dich wieder anziehen, Schätzchen.«

Sie ergriff ihr Kleid und verschwand in der Küche. Rose setzte sich zu den beiden Männern.

»Die Gäste werden sich damit begnügen müssen. Mehr konnte ich nicht aus ihr herausholen. Sie macht das so, als würde sie eine Tasse Kaffee trinken. Nett von Ihnen, Herr Kommissar, dass Sie uns besuchen.«

Sie meinte das aufrichtig.

»Glauben Sie, dass Sie den Mörder fassen?«

»Monsieur Maigret hofft, ihn noch heute Nacht zu kriegen«, antwortete ihr Mann.

Sie blickte beide an, hatte das Gefühl zu stören und stand auf.

»Ich mache jetzt das Essen fertig«, sagte sie. »Sie nehmen doch auch etwas, Herr Kommissar?«

Er sagte nicht Nein. Er wusste noch nicht, wie es weitergehen würde. Er hatte sich das Picratt's ausgesucht, weil es strategisch günstig lag, aber auch, weil es ihm hier gefiel. Ob sich der kleine Lapointe in einer anderen Atmosphäre in Arlette verliebt hätte?

Fred löschte die Lampen über der Tanzfläche. Sie hörten über ihren Köpfen das Mädchen auf- und abgehen. Dann kam sie zu Rose herunter in die Küche.

»Wo waren wir stehen geblieben?«

»Bei Oscar.«

»Sie haben sich doch bestimmt schon in allen Hotels erkundigt?«

Es lohnte gar nicht, auf diese Frage zu antworten.

»Und er ist auch nie in Arlettes Wohnung gewesen?«

Sie waren am gleichen Punkt angelangt, weil beide das Viertel kannten, ebenso wie das Leben, das man dort führt.

Wenn Oscar und Arlette eine so enge Beziehung miteinander hatten, dann mussten sie sich auch irgendwo getroffen haben.

»Ist Arlette hier nie angerufen worden?«, fragte Maigret.

»Darum habe ich mich nicht gekümmert, aber wenn es öfter der Fall gewesen wäre, hätte ich es bestimmt gemerkt.«

Aber sie hatte auch kein Telefon in ihrer Wohnung. Nach Auskunft der Concierge hatte sie nie Männerbesuch, und diese Concierge war seriös, was man von der in der Rue Victor-Massé nicht behaupten konnte.

Lapointe hatte die Meldezettel der Hotels durchgesehen, und Janvier war in allen gewesen und sehr gründlich vorgegangen, denn er hatte dabei Freds Spur entdeckt.

Vor mehr als vierundzwanzig Stunden war Arlettes

Bild in den Zeitungen erschienen, aber noch hatte sich niemand gemeldet, der sie regelmäßig in ein bestimmtes Hotel hatte gehen sehen.

»Ich bleibe bei dem, was ich gesagt habe: Der Kerl ist gerissen!«

An Freds Stirnrunzeln sah man, dass er das Gleiche dachte wie der Kommissar: Der berüchtigte Oscar passte in keine der üblichen Kategorien. Höchstwahrscheinlich wohnte er im Viertel und gehörte doch nicht dazu. Vergeblich versuchte man sich sein Leben vorzustellen. Soweit man es beurteilen konnte, war er ein Einzelgänger, und das beeindruckte sie beide.

»Glauben Sie, dass er versuchen wird, Philippe umzubringen?«

»Das werden wir spätestens morgen früh wissen.«

»Ich war vorhin in der Bar in der Rue de Douai. Die Inhaber sind Freunde von mir. Ich glaube, niemand kennt das Viertel so gut wie sie. Im Lauf des Tages tauchen dort alle Arten von Gästen auf. Aber auch sie wissen nichts.«

»Dennoch muss Arlette ihn irgendwo getroffen haben.«

»In seiner Wohnung?«

Maigret hätte schwören können, dass es nicht so war. Ein bisschen lächerlich war das alles schon. Da man fast nichts über Oscar wusste, wuchs er gleichsam ins Riesenhafte. Ohne es zu wollen, ließ Maigret sich von dem Geheimnis beeindrucken, das ihn umgab, und schrieb ihm vielleicht mehr Intelligenz zu, als er besaß.

Es war wie mit den Schatten, die immer eindrucksvoller sind als die Wirklichkeit, die sie wirft.

Auch Oscar war nur ein Mensch aus Fleisch und Blut, ein ehemaliger Kammerdiener und Chauffeur, der immer hinter den Frauen her war.

Die letzte wirklich verlässliche Aussage über ihn stammte aus Nizza. Wahrscheinlich hatte er dem Zimmermädchen, der kleinen Antoinette Méjat, ein Kind gemacht, und sie war daran gestorben, und er hatte außerdem mit Maria Pinaco geschlafen, die jetzt auf den Strich ging.

Einige Jahre später hatte er sich unweit des Ortes, in dem er geboren war, eine Villa gekauft, typisch für einen Mann, der aus ärmlichen Verhältnissen stammt und plötzlich zu Geld kommt. Er kehrt in seine alte Heimat zurück, um denen, die seine bescheidene Herkunft kennen, seinen neuen Reichtum vorzuführen.

»Sind Sie's, Chef?«

Wieder das Telefon. Wieder der übliche Ablauf. Lapointe hatte den Auftrag, in Verbindung zu bleiben.

»Ich rufe aus einer kleinen Bar an der Place Constantin-Pecqueur an. Er ist in ein Haus in der Rue Caulaincourt gegangen und in den fünften Stock hinaufgestiegen. Dort hat er an eine Tür geklopft, aber es hat niemand geantwortet.«

»Was sagt die Concierge?«

»Dort wohnt ein Maler, eine Art Bohemien. Sie weiß nicht, ob er sich spritzt, meint aber, er sehe oft komisch aus. Sie hat Philippe schon mehrmals zu ihm hinaufgehen sehen. Manchmal hat er dort auch übernachtet.«

»Homosexuell?«

»Wahrscheinlich. Sie glaubt zwar nicht, dass es so was gibt, aber sie hat ihren Mieter nie mit Frauen gesehen.«

»Was macht Philippe jetzt?«

»Er ist rechts abgebogen und geht Richtung Sacré-Cœur.«

»Niemand folgt ihm?«

»Nur wir. Es ist alles in Ordnung. Bloß fängt es eben an zu regnen, und es ist scheußlich kalt. Hätte ich das gewusst, hätte ich meinen Pullover angezogen.«

Madame Rose hatte eine rotkarierte Decke auf den Tisch gelegt und in die Mitte eine dampfende Suppenterrine gestellt. Es war für vier gedeckt. Das Mädchen, das jetzt ein marineblaues Kostüm trug und noch jünger aussah, half ihr beim Auftragen. Man konnte sich kaum vorstellen, dass sie eben noch splitternackt auf der Tanzfläche gestanden hatte.

»Es würde mich wundern«, sagte Maigret, »wenn er niemals hergekommen wäre.«

»Um sie zu sehen?«

»Sie war doch quasi sein Zögling. Ich frage mich, ob er eifersüchtig war.«

Das war eine Frage, die Fred zweifellos besser hätte beantworten können als er, denn Fred hatte auch Frauen gehabt, die mit anderen schliefen, ja die er sogar dazu zwang, und er wusste nur allzu gut, wie sich das anfühlte.

»Auf die Männer, die sie hier kennenlernte, war er bestimmt nicht eifersüchtig«, sagte er.

»Glauben Sie?«

»Sehen Sie, wahrscheinlich war er sich ihrer sicher. Er war überzeugt, dass er sie fest in der Hand hatte und dass sie ihm nie weglaufen würde.«

Hatte die Gräfin ihren alten Mann von der Terrasse der Villa L'Oasis hinuntergestoßen? Vermutlich. Hätte Oscar das Verbrechen begangen, er hätte sie nicht so in seiner Gewalt gehabt. Auch nicht, wenn er es mit ihr gemeinsam getan hätte.

Diese ganze Geschichte hatte eine gewisse Ironie. Der arme Graf war verrückt nach seiner Frau, fügte sich all ihren Launen, flehte sie demütig an, ihm einen kleinen Platz in ihrem Leben zu gewähren.

Hätte er sie weniger geliebt, hätte sie ihn vielleicht ertragen, aber die Glut seiner Leidenschaft hatte sie abgestoßen.

Hatte Oscar vorausgesehen, dass es eines Tages so weit kommen würde? Spionierte er ihr nach? Höchstwahrscheinlich.

Man konnte sich die Szene leicht vorstellen. Das Ehepaar war nach der Rückkehr vom Kasino auf die Terrasse gegangen, und für die Gräfin war es nicht schwer gewesen, den alten Mann bis an den Rand des Felsens zu führen und ihn dann in den Abgrund zu stoßen.

Es musste ein fürchterlicher Schreck gewesen sein, als sie nach ihrer Tat den Chauffeur entdeckte, der alles mitangesehen hatte und sie nun stumm musterte.

Was hatten sie sich gesagt? Welchen Pakt hatten sie geschlossen?

Jedenfalls hatten ihr die Gigolos nicht alles genommen. Ein guter Teil ihres Vermögens war wohl an Oscar gegangen.

Er war zu ausgekocht, um länger bei ihr zu bleiben. Er war von der Bildfläche verschwunden und hatte mehrere Jahre gewartet, bis er sich in seiner Heimat ein Haus gekauft hatte.

Er hatte sich unauffällig verhalten und das Geld nicht aus dem Fenster geworfen.

Maigret kam immer wieder auf denselben Punkt zurück: Er war ein Einzelgänger, und Maigret hatte gelernt, vor Einzelgängern auf der Hut zu sein.

Bonvoisin war ein Frauenheld gewesen, das stand

fest. Die Aussage der alten Köchin sprach Bände. Bevor er Arlette in La Bourboule kennengelernt hatte, musste es viele andere gegeben haben.

War er auch ihr Lehrmeister gewesen? Hatte er sie ebenso an sich gebunden?

Nie war es zu einem Skandal gekommen, der auf ihn aufmerksam gemacht hätte.

Mit der Gräfin war es allmählich bergab gegangen, aber von ihm war nirgends mehr die Rede.

Sie gab ihm Geld. Also wohnte er in der Nähe, wahrscheinlich im Viertel, dennoch hatte ein Mann wie Fred, der Arlette seit zwei Jahren beschäftigte, nichts über ihn in Erfahrung bringen können.

Wer weiß? Vielleicht war er genauso in Arlette vernarrt wie einst der Graf in die Gräfin. Was bewies denn, dass Arlette nicht versucht hatte, ihn loszuwerden?

Einmal zumindest, nach dem leidenschaftlichen Gespräch mit Lapointe, hatte sie es versucht.

»Eins kann ich nicht verstehen«, sagte Fred, als hätte Maigret laut nachgedacht, während er seine Suppe aß. »Warum hat er diese alte Verrückte ermordet? Es heißt, um die Juwelen in ihrer Matratze in seinen Besitz zu bringen. Das ist möglich, sogar wahrscheinlich. Aber er hatte sie doch in der Hand und hätte sich den Schmuck auch auf andere Weise beschaffen können.«

»Du kannst nicht wissen, ob sie sich so einfach

davon getrennt hätte«, warf Rose ein. »Es war alles, was ihr geblieben war, und die Steine sollten noch möglichst lange vorhalten. Du darfst auch nicht vergessen, dass sie sich gespritzt hat und dass diese Leute nur allzu leicht was ausplaudern.«

Für Arlettes Nachfolgerin klang das alles wie Chinesisch, und sie blickte neugierig von einem zum anderen. Fred hatte sie in einem kleinen Theater aufgegabelt, wo sie als Statistin gearbeitet hatte. Sie war bestimmt sehr stolz, dass sie endlich eine eigene Nummer hatte, aber auch ein bisschen ängstlich, dass ihr das gleiche Schicksal wie Arlette drohen könnte. Das war ihr deutlich anzumerken.

»Bleiben Sie den ganzen Abend?«, fragte sie Maigret.

»Das ist möglich. Ich weiß es noch nicht.«

»Der Kommissar kann in zwei Minuten fort müssen oder auch erst morgen früh«, sagte Fred mit einem verstohlenen Lächeln.

»Meiner Meinung nach«, ergriff Rose wieder das Wort, »hatte Arlette ihn satt, und er hat das gemerkt. Ein Mann kann eine Frau eine Zeit lang an sich binden, besonders, wenn sie noch sehr jung ist. Aber sie hat andere kennengelernt ...«

Sie warf ihrem Mann einen vielsagenden Blick zu.

»Nicht wahr, Fred? Man hat ihr viele Angebote gemacht. Und es sind nicht nur die Frauen, die Antennen für so etwas haben. Ich wäre nicht überrascht, wenn er beschlossen hätte, sich auf einmal so viel Geld zu beschaffen, um woanders mit ihr leben zu können. Sein Fehler war, dass er ihr zu sehr vertraute und ihr davon erzählte. So sind schon andere gescheitert.«

All das war natürlich noch recht vage und verworren, aber langsam schien sich eine Wirklichkeit abzuzeichnen, aus der die beunruhigende Silhouette Oscars hervorschimmerte.

Maigret ging wieder zum Telefon, aber diesmal war es nicht für ihn. Fred wurde am Apparat verlangt. Dieser hatte so viel Takt, die Tür zum Waschraum nicht hinter sich zu schließen.

»Hallo, ja ... Wie? ... Was machst du da? ... Ja, er ist hier ... Brüll nicht so, mir platzt ja fast das Trommelfell ... Gut ... Ja, ich weiß ... Warum? ... Das ist verrückt, mein Junge ... Du solltest lieber mit ihm sprechen ... Das ist es ja gerade ... Ich weiß nicht, was er vorhat ... Bleib, wo du bist ... Er wird wahrscheinlich dorthin kommen.«

Als er wieder an den Tisch zurückkam, machte er ein besorgtes Gesicht.

»Das war Heuschrecke«, sagte er wie zu sich selbst.

Er setzte sich, aß aber nicht gleich weiter.

»Ich möchte bloß wissen, was in seinem Kopf vorgeht. Er arbeitet jetzt seit fünf Jahren für mich, und ich weiß nie, was er denkt. Er hat mir nicht einmal gesagt, wo er wohnt. Es würde mich nicht wundern, wenn er verheiratet wäre und Kinder hätte.«

»Wo ist er?«, fragte Maigret.

»Ganz oben auf dem Montmartre im Chez Francis, einer Eckkneipe, in der immer so ein bärtiger Wahrsager hockt. Kennen Sie die?«

Fred versuchte sich etwas zusammenzureimen.

»Das Seltsamste ist, dass Inspektor Lognon dort gegenüber auf- und abgeht.«

»Warum ist Heuschrecke da oben?«

»Er hat mir nicht alles erklärt. Ich habe nur verstanden, dass es wegen Philippe ist. Heuschrecke kennt alle Schwulen im Viertel, und zwar so gut, dass ich mich schon gefragt habe, ob er selbst einer ist. Vielleicht handelt er in seiner Freizeit auch mit Rauschgift, aber das nur unter uns. Ich weiß, Sie werden das nicht gegen ihn verwenden, und ich kann Ihnen schwören, dass er das hier nie tut.«

»Ist Philippe oft im Chez Francis?«

»Scheint so. Vielleicht weiß Heuschrecke mehr darüber.«

»Das erklärt aber nicht, warum er dorthin gegangen ist.«

»Nun, ich will es Ihnen sagen, wenn Sie's noch nicht erraten haben. Aber ich möchte klarstellen, dass das seine Idee war. Er glaubt, wenn wir Ihnen einen Tipp geben, kann das in Zukunft nützlich sein, weil Sie sich dann bei entsprechender Gelegenheit erkenntlich zeigen werden. In unserer Branche ist man darauf angewiesen, sich mit Ihnen und Ihresgleichen gut zu stellen. Im Übrigen muss man wohl annehmen, dass er nicht der Einzige ist, der diesen Tipp gekriegt hat, denn Lognon treibt sich ja ebenfalls dort herum.«

Da Maigret keine Anstalten machte, sich zu erheben, fragte Fred erstaunt:

»Gehen Sie nicht hin?«

Dann:

»Ach, ich verstehe. Ihre Inspektoren sollen Sie hier anrufen, und Sie können nicht fort.«

Maigret ging schließlich doch zum Telefon.

»Torrence? ... Hast du ein paar Männer bei der Hand? ... Drei? Gut. Schick sie zur Place du Tertre. Sie sollen das Bistro an der Ecke überwachen, Chez Francis. Und ruf auch im 18. an, damit sie ein paar Polizisten in diese Gegend schicken ... Nein, ich weiß nichts Genaues. Ich bleibe noch hier.«

Er bedauerte jetzt fast, sein Hauptquartier im Picratt's aufgeschlagen zu haben, und spielte mit dem Gedanken, sich auf den Montmartre fahren zu lassen.

Das Telefon läutete. Wieder einmal Lapointe.

»Ich weiß nicht, was er macht, Chef. Seit einer halben Stunde läuft er im Zickzack durch die Straßen von Montmartre. Vielleicht ahnt er, dass wir ihm auf den Fersen sind, und versucht, uns abzuschütteln. Er ist in ein Café in der Rue Lepic gegangen und dann zur Place Blanche und wieder in die beiden Brasserien. Danach ist er wieder zurück in die Rue Lepic. In der Rue Tholozé ist er in einem Haus verschwunden mit einer Werkstatt hinten im Hof. Dort wohnt eine alte Frau, eine ehemalige Kaffeehaussängerin.«

»Rauschgiftsüchtig?«

»Ja. Jacquin hat sie verhört, gleich nachdem Philippe wieder weg war. Das gleiche Kaliber wie die Gräfin, nur ärmlicher. Sie war betrunken, hat gelacht und versichert, sie habe ihm nicht geben können, was er wollte.

›Ich habe ja nicht mal was für mich!‹«

»Wo ist er jetzt?«

»Er isst harte Eier in einer Bar in der Rue Tholozé. Es gießt wie aus Kübeln, aber sonst ist alles in Ordnung.«

»Er wird wahrscheinlich zur Place du Tertre hinaufgehen.«

»Wir waren vorhin schon fast oben, aber plötzlich ist er wieder umgekehrt. Ich wäre froh, wenn er sich mal entscheiden würde! Meine Füße sind eiskalt.«

Rose und die Neue räumten den Tisch ab. Fred holte die Cognacflasche und füllte zwei Gläser, während die Frauen den Kaffee brachten.

»Ich muss jetzt hinauf, um mich umzuziehen. Aber ich will Sie nicht vertreiben. Fühlen Sie sich wie zu Hause. Auf Ihr Wohl!«

»Glauben Sie, dass Heuschrecke Oscar kennt?«

»Darüber habe ich auch gerade nachgedacht.«

»Er geht jeden Nachmittag auf die Rennbahn, nicht wahr?«

»Und ein Mann wie Oscar, der nichts zu tun hat, verbringt vielleicht einen Teil seiner Zeit bei Rennen, das wollen Sie doch sagen?«

Fred leerte sein Glas, wischte sich den Mund ab, sah das Mädchen an, das nicht wusste, was es tun sollte, und zwinkerte Maigret zu.

»Ich zieh mich jetzt um«, sagte er. »Du kannst gleich mal raufkommen, Schätzchen. Ich will noch mit dir über deine Nummer sprechen.«

Nach einem erneuten Zwinkern zu Maigret sagte er halblaut:

»Man muss sich ja irgendwie die Zeit vertreiben, nicht wahr?«

Maigret blieb allein im Saal zurück.

9

Er ist zur Place du Tertre hinaufgegangen, Chef, und dabei fast Inspektor Lognon in die Arme gelaufen, der sich gerade noch in den Schatten flüchten konnte.«

»Bist du sicher, dass er ihn nicht gesehen hat?«

»Ja. Er hat durch die Scheibe vom Chez Francis geschaut. Aber bei dem Hundewetter ist kaum jemand da. Ein paar Stammgäste trinken trübsinnig ihr Bier. Er ist nicht reingegangen, sondern in die Rue de Mont-Cenis eingebogen und dort die Treppen runter. An der Place Constantin-Pecqueur ist er wieder vor einem Café stehen geblieben. Mitten im Raum steht dort ein großer Ofen, der Fußboden ist mit Sägespänen bedeckt, und an einem der Marmortische spielt der Wirt mit den Leuten aus der Nachbarschaft Karten.«

Die kleine Neue vom Picratt's war ein wenig verlegen wieder heruntergekommen und hatte sich, weil sie nicht wusste, wohin, zu Maigret an den Tisch gesetzt. Vielleicht wollte sie ihn auch nicht so allein sitzen lassen. Sie trug schon das schwarze Seidenkleid, das Arlette gehört hatte.

»Wie heißt du?«

»Geneviève. Hier wollen sie mich aber Dolly nennen. Morgen werde ich in diesem Kleid fotografiert.«

»Wie alt bist du?«

»Dreiundzwanzig. Haben Sie Arlette mal mit ihrer Nummer gesehen? War das wirklich so großartig? Ich wirke noch ein bisschen unbeholfen, nicht wahr?«

Beim nächsten Anruf klang Lapointe ziemlich bedrückt.

»Er läuft im Kreis herum wie ein Zirkuspferd, und wir immer hinterher, und dabei regnet es in Strömen. Wir sind wieder über die Place Clichy gegangen und dann über die Place Blanche, wo er noch mal in die beiden Brasserien rein ist. Weil er kein Morphium hat, trinkt er jetzt hier und dort ein Gläschen. Er findet nicht, was er sucht, und schleicht dicht an den Häusern entlang.«

»Riecht er den Braten noch nicht?«

»Nein. Janvier hat sich mit Inspektor Lognon unterhalten. Weil Lognon zu all den Adressen gegangen ist, bei denen Philippe letzte Nacht war, hat er vom Chez Francis erfahren. Man hat ihm nur gesagt, Philippe gehe ab und zu dorthin, wahrscheinlich weil er von jemandem Morphium bekommt.«

»Ist Heuschrecke immer noch da?«

»Nein. Er ist vor ein paar Minuten gegangen. Im Augenblick steigt Philippe wieder die Treppe an der

Rue du Mont-Cenis hinunter, bestimmt, um noch mal einen Blick in das Café an der Place Constantin-Pecqueur zu werfen.«

Tania kam zusammen mit Heuschrecke rein. Es war noch zu früh, um die Neonschrift des Picratt's einzuschalten, aber der ein oder andere schien hier immer sehr früh zu erscheinen. Sie fühlten sich hier fast wie zu Hause. Rose warf noch rasch einen Blick in den Saal, bevor sie ebenfalls hochging, um sich umzuziehen. Sie hatte ein Geschirrtuch in der Hand.

»Da bist du ja!«, sagte sie zu der Neuen.

Und nachdem sie sie von Kopf bis Fuß gemustert hatte:

»In Zukunft ziehst du aber das gute Kleid nicht so früh an. Dadurch wird es nur abgenutzt.«

An Maigret gewandt:

»Bedienen Sie sich nur, Herr Kommissar. Die Flasche steht auf dem Tisch.«

Tania wirkte schlecht gelaunt. Sie beäugte Arlettes Nachfolgerin und zuckte dann leicht mit den Schultern.

»Rück mal ein wenig zur Seite.«

Dann blickte sie Maigret lange an.

»Haben Sie ihn noch nicht?«

»Ich denke, heute Nacht kriegen wir ihn.«

»Glauben Sie nicht, dass er auf die Idee gekommen ist, sich aus dem Staub zu machen?«

Auch sie wusste etwas. Alle wussten sie irgendetwas. Schon am Vortag hatte er diesen Eindruck gehabt. Tania schien zu überlegen, ob sie nicht besser auspacken sollte.

»Bist du ihm mal mit Arlette begegnet?«

»Ich weiß weder, wer er ist, noch wie er aussieht.«

»Aber du weißt, dass es ihn gibt.«

»Ich nehme es an.«

»Was weißt du sonst?«

»Vielleicht, wo er sich eingenistet hat.«

Sie schien es für unter ihrer Würde zu halten, in freundlichem Ton Auskunft zu geben, und deshalb sprach sie schmollend, sozusagen widerwillig.

»Meine Schneiderin wohnt in der Rue Caulaincourt, genau gegenüber der Place Constantin-Pecqueur. Ich gehe für gewöhnlich gegen fünf Uhr nachmittags dorthin, weil ich den größten Teil des Tages schlafe. Zweimal habe ich Arlette gesehen, wie sie an der Ecke aus dem Bus stieg und über den Platz ging.«

»In welche Richtung?«

»Richtung Treppe.«

»Bist du nicht auf den Gedanken gekommen, ihr nachzugehen?«

»Warum hätte ich ihr nachgehen sollen?«

Sie log. Denn sie war bestimmt neugierig. Wahrscheinlich war Arlette schon verschwunden gewesen, als sie unten an der Treppe angelangt war.

»Das ist alles, was du weißt?«

»Ja. Er muss dort wohnen.«

Maigret hatte sich einen Cognac eingeschenkt und erhob sich schwerfällig, als das Telefon erneut läutete.

»Immer noch dasselbe, Chef.«

»Das Café an der Place Constantin-Pecqueur?«

»Ja. Er macht nur noch dort halt, bei den beiden Brasserien an der Place Blanche und beim Chez Francis.«

»Ist Lognon noch auf seinem Posten?«

»Ja, ich habe ihn eben im Vorbeigehen gesehen.«

»Bitte ihn in meinem Auftrag, zur Place Constantin-Pecqueur zu gehen und mit dem Wirt zu sprechen. Aber möglichst nicht vor den Gästen. Er soll ihn fragen, ob er Oscar Bonvoisin kennt. Wenn nicht, soll er ihn genau beschreiben, vielleicht ist er dort unter einem anderen Namen bekannt.«

»Sofort?«

»Ja. Solange Philippe seine Runde macht, bleibt genügend Zeit; er soll mich dann gleich anrufen.«

Als er wieder in den Saal kam, goss sich Heuschrecke gerade an der Bar einen Schnaps ein.

»Haben Sie ihn noch nicht?«

»Woher hattest du den Tipp mit dem Chez Francis?«

»Von ein paar Schwulen. Die kennen sich alle untereinander. Die haben mir zuerst von einer Bar in der Rue Caulaincourt erzählt, wo Philippe hin und wieder hingeht, und dann vom Chez Francis, wo er gelegentlich noch spät am Abend auftaucht.«

»Kennen die auch einen Oscar?«

»Ja.«

»Bonvoisin?«

»Seinen Familiennamen kennen sie nicht. Sie haben gemeint, das sei einer aus dem Viertel, der da ab und an vorm Schlafengehen noch ein Glas Weißwein trinkt.«

»Trifft er sich dort mit Philippe?«

»Da spricht jeder mit jedem. Er macht das Gleiche wie alle anderen. Sie können nicht sagen, dass ich Ihnen nicht geholfen habe.«

»Ist er heute gesehen worden?«

»Nein, und gestern auch nicht.«

»Hat man dir gesagt, wo er wohnt?«

»Irgendwo hier im Viertel.«

Die Zeit verging sehr langsam, und man meinte fast, es würde nie ein Ende finden. Jean-Jean, der Akkordeonspieler, kam herein und ging gleich in den Waschraum, um seine schmutzigen Schuhe abzubürsten und sich zu kämmen.

»Läuft Arlettes Mörder noch immer frei herum?«

Dann meldete sich wieder Lapointe am Telefon.

»Ich habe Inspektor Lognon Bescheid gegeben. Er ist jetzt an der Place Constantin-Pecqueur. Philippe trinkt gerade im Chez Francis ein Glas. Aber es ist niemand dort, auf den die Personenbeschreibung von Oscar zutrifft. Lognon wird Sie anrufen. Ich habe ihm gesagt, wo Sie sind. War das richtig?«

Lapointes Stimme klang anders als zu Beginn des Abends. Telefonieren musste er immer von einer Bar aus. Das war sei x-ter Anruf. Wahrscheinlich trank er jedes Mal ein Gläschen, um sich aufzuwärmen.

Fred kam herunter und machte durchaus Eindruck in seinem Smoking mit einem falschen Brillanten an der gestärkten Brust und frisch rasiertem, rosigem Gesicht.

»Geh dich jetzt umziehen«, sagte er zu Tania.

Dann schaltete er die Beleuchtung ein und rückte die Flaschen hinter der Bar zurecht.

Auch der zweite Musiker, Monsieur Dupeu, erschien, als Lognon endlich anrief.

»Wo bist du?«

»Im Chez Manière in der Rue Caulaincourt. Ich bin zur Place Constantin-Pecqueur gegangen. Ich habe die Adresse.«

Er war ganz aufgeregt.

»Hat man sie dir gleich gegeben?«

»Der Wirt hat nichts gemerkt. Ich hab nicht gesagt, dass ich von der Polizei bin. Ich habe erzählt, ich käme aus der Provinz und würde einen Freund suchen.«

»Ist er dort unter seinem richtigen Namen bekannt?«

»Man nennt ihn Monsieur Oscar.«

»Wo wohnt er?«

»Rechts oberhalb der Treppe. Es ist ein kleines Haus, hinten in einem Gärtchen. Ringsherum zieht sich eine Mauer, sodass man das Haus von der Straße aus nicht sehen kann.«

»War er heute nicht an der Place Constantin-Pecqueur?«

»Nein. Sie haben mit dem Kartenspielen noch auf ihn gewartet. Sonst ist er immer pünktlich. Dann ist der Wirt für ihn eingesprungen.«

»Hat er ihnen gesagt, was er tut?«

»Nein. Er redet nicht viel. Sie halten ihn für einen gut betuchten Pensionär. Er ist ein ausgezeichneter Belote-Spieler. Oft kommt er schon morgens gegen elf, wenn er seine Einkäufe macht, um ein Glas Weißwein zu trinken.«

»Macht er seine Besorgungen selbst? Hat er kein Dienstmädchen?«

»Nein, auch keine Putzfrau. Sie meinen, er spinnt ein bisschen.«

»Warte bei der Treppe auf mich.«

Maigret trank sein Glas aus und holte seinen noch feuchten, schweren Mantel aus der Garderobe, während die beiden Musiker einige Takte spielten, um in Fahrt zu kommen.

»Ist es jetzt so weit?«, fragte Fred, der immer noch hinter der Bar stand.

»Ja, vielleicht.«

»Kommen Sie nachher noch mal auf eine Flasche vorbei?«

Heuschrecke pfiff ein Taxi heran. Als er den Wagenschlag schloss, sagte er leise:

»Wenn das der Kerl ist, von dem ich gehört habe, dann rate ich Ihnen, vorsichtig zu sein. Der lässt sich nichts gefallen.«

Der Regen rann an den Scheiben herunter, und man konnte die Lichter der Stadt nur verschwommen sehen. Philippe stapfte sicherlich immer noch da draußen herum, gefolgt von den Inspektoren.

Maigret stieg an der Place Constantin-Pecqueur aus, ging dann zu Fuß auf die andere Seite und fand Lognon an eine Mauer gelehnt.

»Ich habe das Haus schon entdeckt.«

»Brennt Licht?«

»Ich habe über die Mauer geblickt. Man sieht nichts. Der Schwule scheint die Adresse nicht zu kennen. Was machen wir nun?«

»Kann man von hinten rein?«

»Nein, es gibt nur diese eine Tür.«

»Also los, dann rein. Hast du eine Waffe?«

Lognon zeigte bloß auf seine Tasche.

Die Mauer, über die Äste hingen, war schon ziemlich abgebröckelt, wie eine Mauer auf dem Land. Lognon machte sich am Schloss zu schaffen, und das dauerte ein paar Minuten, während der Kommissar sich vergewisserte, dass niemand kam.

Durch die geöffnete Tür blickten sie in eine Art Pfarrgarten, in dessen Hintergrund eines jener zweistöckigen Häuser stand, wie man sie in den Gassen von Montmartre noch hier und dort findet. Es brannte kein Licht.

»Mach mir die Haustür auf und komm dann wieder her.«

Obwohl ihn Fachleute wiederholt in diese Künste eingeführt hatten, stellte sich Maigret beim Öffnen von Schlössern nach wie vor nicht sehr geschickt an.

»Du wartest draußen. Wenn Lapointe oder Janvier vorbeikommen, sag ihnen, dass ich hier bin. Sie sollen weiter an Philippe dranbleiben.«

Nicht das leiseste Geräusch oder Lebenszeichen war zu hören. Der Kommissar hielt trotzdem seinen Revolver in der Hand. Im Flur war es sehr warm, und es roch wie auf dem Land. Bonvoisin schien mit Holz zu heizen. Das Haus war feucht. Er zögerte, Licht zu machen, aber dann zuckte er mit den Schultern und drehte doch an dem Schalter rechts an der Wand.

Wider Erwarten war das Haus sehr sauber. Nichts von der Schmuddeligkeit oder Trübsal, wie sie einem so oft in Junggesellenwohnungen begegnet. Eine Laterne aus buntem Glas erleuchtete den Flur. Er öffnete die Tür zur Rechten und kam in ein Wohnzimmer, wie man es in den Schaufenstern der Möbelgeschäfte am Boulevard Barbès sieht: Es verriet nicht gerade Geschmack, war aber teuer und aus massivem Holz. Der Raum daneben war ein Esszimmer aus den gleichen Kaufhäusern, im Landhausstil, mit Früchten aus Zelluloid in einer Silberschale.

Nirgends auch nur ein Staubkorn, und als Maigret in die Küche kam, stellte er fest, dass auch hier alles blinkte und blitzte. Im Herd war noch etwas Glut und im Kessel warmes Wasser. Er öffnete die Schränke und fand Brot, Fleisch, Butter, Eier und in einer Art Speisekammer Karotten, Steckrüben und einen Blumenkohl. Das Haus schien keinen Keller zu haben, denn in der Speisekammer stand auch ein kleines Weinfass mit einem umgedrehten Glas auf dem Zapfloch, als würde oft etwas abgezapft.

Auf der anderen Seite des Flurs, gegenüber dem Wohnzimmer, war noch ein Raum, ein ziemlich geräumiges Schlafzimmer. Auf dem Bett lag eine mit Satin bezogene Daunendecke. Lampen mit Seidenschirmen tauchten alles in ein feminines, weiches Licht, und Maigret fielen die vielen Spiegel auf, die an gewisse Bordelle erinnerten. Im angrenzenden Badezimmer hingen fast ebenso viele Spiegel.

Außer den Lebensmitteln in der Küche, dem Wein in der Speisekammer, dem Feuer im Herd fand sich hier nichts, was darauf hindeutete, dass dieses Haus bewohnt war. Nirgends lag etwas herum. In den Aschenbechern war keine Asche, und in den Schränken keinerlei schmutzige Wäsche oder zerknitterte Kleidung.

Warum das so war, begriff Maigret erst, als er in den ersten Stock kam und nicht ohne eine gewisse Beklemmung die beiden Türen öffnete, denn die Stille, die nur vom Geräusch des Regens, der auf das Dach trommelte, durchbrochen wurde, hatte etwas Unheimliches.

Auch hier war niemand.

Der Raum zu seiner Linken war das eigentliche Zimmer von Oscar Bonvoisin, das, in dem er sein einsames Leben führte. Das Bett hier war aus Eisen mit grober roter Decke, es war nicht gemacht, die Bezüge waren nicht mehr frisch. Auf dem Nachttisch lag Obst, darunter ein angebissener und schon bräunlicher Apfel.

Auf dem Fußboden standen schmutzige Schuhe, zwei, drei Päckchen mit Zigaretten lagen herum. Überall waren Zigarettenstummel verstreut.

Während sich unten ein richtiges Badezimmer befand, gab es hier nur ein Waschbecken mit einem einzigen Hahn und schmutzige Handtücher. An einem Haken hing eine Männerhose.

Vergeblich suchte Maigret nach Papieren. Die Schubladen enthielten alles Mögliche, sogar Patronen, aber keinen einzigen Brief, kein persönliches Dokument.

Er ging wieder hinunter und entdeckte in der Kommode im Schlafzimmer eine Schublade voller Fotografien und ebenso die Filme und den Apparat, mit dem sie aufgenommen waren, und ein Magnesiumblitzlicht.

Es waren nicht nur Fotos von Arlette. Zwanzig Frauen mindestens, alle jung und gut gebaut, hatten Bonvoisin als Modelle gedient und waren in den gleichen erotischen Posen zu sehen. Einige der Fotos waren Vergrößerungen. Maigret musste noch einmal nach oben, um im ersten Stock die Dunkelkammer zu entdecken, mit der roten Birne über Schüsseln, Phiolen und Pulvern.

Er war wieder auf der Treppe, als er draußen Schritte hörte, und drückte sich an die Wand, den Revolver auf die Tür gerichtet.

»Ich bin's, Chef!«

Es war Janvier, bis auf die Haut durchnässt, der Hut vom Regen verformt.

»Haben Sie was gefunden?«

»Was macht Philippe?«

»Er läuft weiter im Kreis herum. Ich verstehe nicht, wie er sich noch auf den Beinen hält. Gegenüber vom Moulin Rouge hat er sich mit einer Blumenverkäuferin gestritten, von der er Drogen haben wollte. Sie hat es mir erzählt. Sie kennt ihn vom Sehen. Er hat sie angefleht, ihm zu sagen, wo er was bekommen könnte. Dann ist er in eine Telefonzelle gegangen und hat Doktor Bloch angerufen, um ihm mitzuteilen, er sei völlig am Ende. Dabei hat er ihm zugleich mit irgendwas gedroht. Wenn das so weitergeht, klappt er uns noch mitten auf der Straße zusammen.«

Janvier blickte in das leere Haus, dessen Zimmer jetzt alle erleuchtet waren.

»Glauben Sie nicht, dass der Vogel ausgeflogen ist?«

Er roch nach Alkohol, und auf seinem Gesicht lag ein verräterisches Lächeln, das Maigret nur zu gut kannte.

»Haben Sie die Bahnhöfe benachrichtigen lassen?«

»Nach der Glut im Herd zu schließen, hat er das Haus vor mindestens drei oder vier Stunden verlassen. Mit anderen Worten: Wenn er die Absicht hatte zu fliehen, sitzt er schon längst im Zug. Bliebe nur die Frage, wohin er gefahren ist.«

»Man könnte noch die Grenzen benachrichtigen.«

Es war seltsam. Maigret hatte nicht die geringste Lust, den riesigen Polizeiapparat in Bewegung zu setzen. Es war nur eine Vermutung, aber ihm schien, dieser Fall würde sein Ende im engen Rahmen vom Montmartre finden, wo sich auch bisher alles abgespielt hatte.

»Glauben Sie, dass er Philippe irgendwo auflauert?«

Der Kommissar zuckte die Achseln. Er wusste es nicht. Er verließ das Haus und fand Lognon draußen im Schatten der Mauer.

»Du machst am besten da drinnen das Licht aus und bleibst dann auf deinem Posten.«

»Glauben Sie, dass er zurückkommt?«

Er glaubte gar nichts.

»Sag mal, Lognon, bei welchen Adressen war Philippe eigentlich letzte Nacht?«

Der Inspektor hatte die Adressen in seinem Notizbuch vermerkt. Nachdem er freigelassen worden war, hatte der junge Mann alle abgeklappert, aber ohne Erfolg.

»Bist du sicher, dass du sie alle notiert hast?«

Lognons Gesicht verfinsterte sich.

»Ich habe Ihnen alles gesagt, was ich weiß. Es fehlt nur eine einzige Adresse, und zwar seine eigene am Boulevard Rochechouart.«

Maigret antwortete nicht, sondern steckte sich mit recht zufriedener Miene seine Pfeife an.

»Gut. Bleib du auf jeden Fall hier. Und du kommst mit, Janvier.«

»Haben Sie eine Idee, wo wir ihn finden könnten?«

»Ich glaube, ich weiß es.«

Sie gingen den Gehsteig entlang, die Hände in den Taschen, den Mantelkragen hochgeschlagen. Es lohnte sich nicht, ein Taxi zu nehmen.

Als sie zur Place Blanche kamen, sahen sie Philippe aus einer der beiden Brasserien kommen, und in einiger Entfernung den jungen Lapointe, der ihnen ein kleines Zeichen machte.

Auch die anderen waren nicht weit und beschatteten den jungen Mann.

»Komm du auch mit!«

Sie brauchten nur noch fünfhundert Meter den fast menschenleeren Boulevard hinunterzugehen. Die Nachtclubs, deren Leuchtschilder im Regen funkelten, machten bei diesem elenden Wetter bestimmt keine großen Geschäfte. Die Portiers in den goldbetressten Uniformen hatten sich untergestellt, jeden Augenblick bereit, ihre großen roten Schirme aufzuspannen.

»Wohin gehen wir?«

»Zu Philippe.«

War die Gräfin nicht zu Hause ermordet worden? Und hatte der Mörder Arlette nicht in ihrer eigenen Wohnung in der Rue Notre-Dame-de-Lorette aufgelauert?

Es war ein altes Haus. Über den heruntergelassenen Rollläden sah man das Schild eines Rahmenmachers und rechts von der Tür das einer Buchhandlung. Sie mussten lange klingeln. Sie betraten einen schlecht beleuchteten Flur, und Maigret bedeutete den beiden anderen, möglichst wenig Lärm zu machen. Als sie an der Loge vorbeigingen, murmelte er etwas Unverständliches, und alle drei stiegen die Holztreppe hinauf.

Unter einer Tür im ersten Stock, vor der eine feuchte Matte lag, drang Licht hervor. Bis zum sechsten Stock mussten sie dann im Dunkeln gehen, denn das Licht im Treppenhaus war inzwischen ausgegangen.

»Lassen Sie mich vorgehen, Chef«, flüsterte Lapointe und versuchte sich zwischen der Wand und dem Kommissar durchzudrängen.

Aber mit fester Hand stieß ihn Maigret zurück. Er wusste von Lognon, dass das Dienstbotenzimmer, das Philippe bewohnte, das dritte links im obersten Stock war. Das Licht seiner Taschenlampe zeigte ihm, dass der schmale Korridor mit den gelblichen Wänden leer war, und er schaltete das Treppenhauslicht wieder ein.

Dann platzierte er seine Begleiter zu beiden Seiten der dritten Tür und drückte mit der einen Hand die Klinke, während er in der anderen den Revolver hielt. Die Tür war nicht verschlossen.

Er stieß sie mit dem Fuß auf, blieb reglos stehen und horchte. Wie in dem Haus, in dem er eben gewesen war, hörte er nur den Regen auf dem Dach und das Wasser in der Dachrinne. Und zugleich meinte er den Herzschlag der beiden Inspektoren zu hören, vielleicht sogar seinen eigenen.

Er streckte die Hand aus und fand gleich neben der Tür den Lichtschalter.

Im Zimmer war niemand. Es stand auch kein Schrank dort, in dem sich jemand hätte verstecken können. Bonvoisins Schlafzimmer war geradezu fürstlich im Vergleich mit diesem hier. Das Bett war nicht bezogen, der Nachttopf nicht geleert. Auf dem Fußboden lag schmutzige Wäsche.

Vergeblich bückte sich Lapointe, um unter das Bett zu sehen. Es war keine Menschenseele hier. Das Zimmer stank erbärmlich.

Plötzlich hatte Maigret das Gefühl, dass sich hinter ihm etwas bewegte. Die beiden Inspektoren sahen entgeistert, wie er blitzschnell herumfuhr und mit der Schulter gegen die Tür gegenüber stieß.

Sie gab nach. Sie war nur angelehnt. Es stand jemand dahinter, jemand, der sie beobachtete. Maigret hatte die kaum merkliche Bewegung dieser Tür wahrgenommen.

Durch den Schwung, mit dem er sie aufgestoßen hatte, taumelte er in das Zimmer und wäre gestürzt, wenn er nicht auf einen Mann geprallt wäre, der fast so schwer war wie er selbst.

Es war stockdunkel im Zimmer, bis Janvier die Geistesgegenwart hatte, den Lichtschalter zu betätigen.

»Vorsicht, Chef …«

Doch der andere hatte Maigret bereits einen Kopfstoß gegen die Brust versetzt. Maigret schwankte, fiel aber auch jetzt nicht, sondern hielt sich an etwas fest, das dabei umstürzte – ein Nachttisch mit einer Waschschüssel, die nun zerbrach.

Er nahm seinen Revolver am Lauf und versuchte mit dem Kolben auf den Mann einzuschlagen. Er hatte den berühmten Oscar zwar noch nie gesehen, aber er erkannte ihn sofort. Er entsprach ganz den

Beschreibungen der anderen und Maigrets eigenen Vorstellungen. Der Mann hatte sich wieder geduckt und rannte auf die beiden Inspektoren zu, die ihm den Weg versperrten.

Automatisch hängte sich Lapointe an seine Jacke, während Janvier versuchte, ihn zu packen.

Sie konnten einander nicht sehen, und sie sahen auch nicht, dass auf dem Bett eine Gestalt lag.

Janvier wurde umgestoßen. Lapointe hielt plötzlich nur noch die leere Jacke in der Hand, und eine Gestalt jagte in den Flur hinaus. In diesem Augenblick fiel ein Schuss. Man wusste nicht gleich, wer geschossen hatte. Es war Lapointe, der es nicht wagte, zu dem Mann hinzublicken, und nur fassungslos auf seinen Revolver starrte.

Bonvoisin war nach ein paar Schritten vornübergekippt und auf den Fußboden im Flur gestürzt.

»Achtung, Janvier …«

Der Mann hielt eine Automatik in der Hand. Der Lauf bewegte sich. Dann lösten sich langsam die Finger, und die Waffe rollte auf den Boden.

»Glauben Sie, dass ich ihn getötet habe, Chef?«

Lapointes Augen waren vor Entsetzen weit aufgerissenen, und seine Lippen zitterten. Er konnte nicht fassen, was er da getan hatte, und blickte erneut mit ehrfürchtigem Staunen auf seinen Revolver.

»Ich habe ihn getötet«, sagte er, wagte aber auch jetzt nicht, sich nach dem Mann umzudrehen.

Janvier hatte sich über ihn gebeugt.

»Tot. Du hast ihn mitten in die Brust getroffen.«

Maigret glaubte eine Sekunde lang, dass Lapointe in Ohnmacht fallen würde, und legte ihm beruhigend die Hand auf die Schulter.

»Ist das dein Erster?«, fragte er leise.

Dann um ihn zu trösten:

»Vergiss nicht, dass er Arlette umgebracht hat.«

»Ja, das stimmt …«

Lapointes Betroffenheit hatte etwas Rührendes. Er wusste nicht, ob er weinen oder lachen sollte.

Auf der Treppe waren vorsichtige Schritte zu hören. Eine Stimme fragte:

»Ist jemand verletzt?«

»Sorg dafür, dass niemand raufkommt«, sagte Maigret zu Janvier.

Er musste sich um die Gestalt kümmern, die auf dem Bett lag. Es war ein Mädchen von sechzehn oder siebzehn Jahren, die Hausangestellte des Buchhändlers. Sie war nicht tot, sondern nur mit einem Handtuch geknebelt. Ihre Hände waren auf den Rücken gefesselt und ihr Hemd bis zu den Achseln hochgeschoben.

»Geh runter und ruf die Kriminalpolizei«, sagte Maigret zu Lapointe. »Und wenn noch ein Bistro offen ist, dann trink noch was.«

»Soll ich das wirklich tun?«

»Das ist ein Befehl.«

Es dauerte eine Weile, bis die Kleine sprechen konnte. Sie war am Abend im Kino gewesen und um zehn in ihr Zimmer zurückgekehrt. Noch ehe sie Licht machen konnte, hatte sie ein unbekannter Mann gepackt, der im Dunkeln auf sie gewartet hatte. Er hatte ihr den Knebel in den Mund gestopft, die Hände auf den Rücken gebunden und sie auf das Bett geworfen.

Zunächst beschäftigte er sich nicht weiter mit ihr. Er horchte auf die Geräusche im Haus und öffnete immer wieder die Tür zum Flur.

Er wartete auf Philippe, war aber offensichtlich auf der Hut und versteckte sich deshalb lieber nicht in dessen Zimmer.

Sicherlich war er dort gewesen, bevor er in das Zimmer des Mädchens eingedrungen war. Deshalb hatten sie die Tür unverschlossen vorgefunden.

»Und was ist dann geschehen?«

»Er hat mich ausgezogen. Weil meine Hände gefesselt waren, hat er mir dabei die Kleider zerrissen.«

»Hat er dich vergewaltigt?«

Sie brach in Tränen aus und nickte stumm.

Dann sagte sie, während sie etwas Helles vom Fußboden aufhob:

»Mein Kleid ist hin ...«

Sie ahnte nicht, wie knapp sie mit dem Leben davongekommen war. Denn es war mehr als wahrscheinlich, dass Bonvoisin sie nicht lebend zurückgelassen hätte. Sie hatte ihn gesehen, wie Philippe ihn gesehen hatte. Wahrscheinlich hatte er sie nur deshalb nicht gleich erdrosselt wie die beiden anderen, weil er sich bis zur Rückkehr des jungen Mannes noch mit ihr vergnügen wollte.

Um drei Uhr morgens wurde Oscar Bonvoisins Leiche in eine der Metallschubladen im Gerichtsmedizinischen Institut gelegt, unweit der Leichen von Arlette und der Gräfin.

Nachdem Philippe sich bei Chez Francis niedergelassen und dort mit einem Gast gestritten hatte, war er von einem uniformierten Polizisten ins Kommissariat des Viertels gebracht worden.

Torrence war schlafen gegangen. Die Inspektoren, die von der Place Blanche zur Place du Tertre und von dort zur Place Constantin-Pecqueur ewig im Kreis gelaufen waren, waren ebenfalls nach Hause gegangen.

Als Maigret in Begleitung von Lapointe und Janvier die Kriminalpolizei verließ, zögerte er kurz und sagte dann:

»Was haltet ihr davon, wenn wir noch eine Flasche trinken?«

»Wo?«

»Im Picratt's.«

»Ohne mich«, sagte Janvier. »Meine Frau erwartet mich, und das Baby weckt uns immer sehr früh.«

Lapointe sagte nichts, aber er stieg hinter Maigret ins Taxi.

Sie kamen gerade noch rechtzeitig in die Rue Pigalle, um den Auftritt der Neuen zu sehen.

Als sie eintraten, lief Fred auf sie zu:

»Alles erledigt?«

Maigret nickte nur, und ein paar Augenblicke später stand ein Champagnerkübel auf ihrem Tisch, Tisch sechs, an dem sie wie zufällig Platz genommen hatten. Das schwarze Kleid glitt langsam an dem milchweiß schimmernden Körper des Mädchens hinab, das ihnen einen schüchternen Blick zuwarf, zögerte, sich ganz zu entblößen, und, wie am Abend, schließlich mit beiden Händen seine Scham bedeckte.

Tat Fred das absichtlich? Er hätte in diesem Augenblick den Scheinwerfer ausschalten und den Saal so lange im Dunkeln lassen sollen, bis die Tänzerin ihr Kleid aufgehoben und es vor sich gehalten hatte. Aber der Scheinwerfer blieb an. Die Arme wusste nicht, wie sie sich verhalten sollte, entschloss sich nach einer Weile, in die Küche zu flüchten, und zeigte dabei ihr rundes, weißes Gesäß.

Die wenigen Gäste lachten schallend. Maigret glaubte, dass auch Lapointe lachte. Aber als er ihn ansah, merkte er, dass der Inspektor bittere Tränen weinte.

»Verzeihen Sie«, stammelte er. »Ich sollte nicht ...

ich weiß ja, dass es töricht ist … aber ich … ich habe sie nun einmal geliebt.«

Am nächsten Morgen beim Aufwachen war er noch sehr viel beschämter, denn er wusste nicht mehr, wie er nach Hause gekommen war.

Seine Schwester zog die Vorhänge auf und sagte mit betont heiterer Miene – denn Maigret hatte sie ins Bild gesetzt:

»Du lässt dich also von dem Kommissar ins Bett bringen?«

Lapointe hatte in dieser Nacht seine erste Liebe begraben. Und zum ersten Mal einen Menschen getötet.

Lognon hatte man auf seinem Posten vergessen, und er stand noch immer auf der Treppe an der Place Constantin-Pecqueur und blies Trübsal.

Shadow Rock Farm, Lakeville (Connecticut),
30. November bis 8. Dezember 1950

Die große Simenon-Taschenbuch-Edition bei Atlantik

FEBRUAR 2020

Die Marie vom Hafen
Nachwort von Christian Seiler
Band Nr. 31
ISBN 978-3-455-00793-0

Maigret in der Liberty Bar
Band Nr. 17
ISBN 978-3-455-00714-5

MÄRZ 2020

Der Mörder
Nachwort von Judith Kuckart
Band Nr. 20
ISBN 978-3-455-00794-7

Der Präsident
Nachwort von Harriet Köhler
Band Nr. 91
ISBN 978-3-455-00838-8

Maigret und die Keller des Majestic
Band Nr. M20
ISBN 978-3-455-00717-6

APRIL 2020

Schlusslichter
Nachwort von Anita Brookner
Band Nr. 79
ISBN 978-3-455-00795-4

Maigret und der Messerstecher
Band Nr. M70
ISBN 978-3-455-00777-0

MAI 2020

Die bösen Schwestern von Concarneau
Nachwort von Markus Meyer
Band Nr. 17
ISBN 978-3-455-00836-4

Maigret amüsiert sich
Nachwort von Jean-Luc Bannalec
Band Nr. M50
ISBN 978-3-455-00757-2

JULI 2020

Die Zeit mit Anaïs
Band Nr. 72
ISBN 978-3-455-00796-1

SEPTEMBER 2020

Maigret und die Tänzerin
Band Nr. M36
ISBN 978-3-455-00741-1

Maigret und der Weinhändler
Band Nr. M71
ISBN 978-3-455-00779-4

Maigret und der gelbe Hund
Band Nr. M6
ISBN 978-3-455-00700-8

Maigret und der Gehängte von Saint Pholien
Band Nr. M3
ISBN 978-3-455-00697-1

Maigret im Haus der Unruhe
Nachwort von Daniel Kampa
Band Nr. M0
ISBN 978-3-455-00803-6

Freuen Sie sich auf viele weitere Bände!
Erfahren Sie mehr unter simenon.atlantik-verlag.de

MAIGRET
Band M14

Georges Simenon
Maigret bei den Flamen
Aus dem Französischen von Hansjürgen Wille, Barbara Klau und Bärbel Brands
ISBN 978-3-455-00711-4

Als die junge Germaine Piedbœuf verschwindet, sind die Verdächtigen schnell gefunden: Eine flämische Familie wird beschuldigt, weil ... Ja, warum eigentlich? Weil die Kaufleute im französischen Givet fremd sind und noch dazu wohlhabender als alle anderen? Oder vielleicht, weil der Sohn der Familie ein Verhältnis mit der jungen Frau hatte, aber eine bessere Partie in Aussicht? Maigret reist eigens an, um den Ruf der Familie wiederherzustellen.

»Die Suche nach guten Krimis kann eingestellt werden.
Maigret ist ohnehin der Beste.«
Der Spiegel